D1619306

Sonar 15

Andrej Nikolaidis wuchs als Kind einer montenegrinisch-griechischen Familie in Sarajevo auf und lebt in Montenegro. Er gilt als einer der einflussreichsten Intellektuellen der Region. Nikolaidis veröffentlichte mehrere Romane, die u.a. ins Deutsche, Englische, Italienische, Türkische, Ungarische und Finnische übersetzt wurden. »Die Ankunft« erschien 2014 bei Voland & Quist. Für seinen Roman »Der Sohn«, der nebenbei auch eine Hommage an Thomas Bernhard darstellt, erhielt er 2011 den Literaturpreis der Europäischen Union.

Nikolaidis treibt in »Der Sohn« auf die Spitze, was Camus und Sartre begonnen haben: Sein Protagonist Konstantin verabscheut die Menschen aufs Äußerste. Die Nachbarn meidet er, Touristen widern ihn an, mit seinem Vater hat er seit Jahren nicht gesprochen. Und so ist nur konsequent, dass auch seine Frau nichts mehr von ihm wissen will und ihn verlässt. Getrieben von seiner inneren Unruhe macht er sich auf den Weg in die Stadt, wo er die unterschiedlichsten grotesken Charaktere trifft: die Familie, die von der Prostitution der Töchter lebt, den radikalislamischen Straßenprediger, die Flüchtlinge aus dem Kosovo, die in einer verlassenen Untergrundgarage hausen. Doch erst die Begegnung mit seinem geistigen Vater erschüttert ihn nachhaltig ...

Andrej Nikolaidis

DER SOHN

traduki Die Herausgabe dieses Werkes wurde gefördert durch TRADUKI, ein literarisches Netzwerk, dem das Bundesministerium für europäische und internationale Angelegenheiten der Republik Österreich, das Auswärtige Amt der Bundesrepublik Deutschland, die Schweizer Kulturstiftung Pro Helvetia, KulturKontakt Austria, das Goethe-Institut, die Slowenische Buchagentur JAK, das Ministerium für Kultur der Republik Kroatien, das Ressort Kultur der Regierung des Fürstentums Liechtenstein, die Kulturstiftung Liechtenstein und die S. Fischer Stiftung angehören.

Sonar 15

Originaltitel: Andrej Nikolaidis, »Sin«, erschienen bei Durieux, Zagreb 2006

DEUTSCHE ERSTAUSGABE
1. Auflage 2015

Verlag Voland & Quist, Dresden und Leipzig, 2015
© der deutschen Ausgabe by Verlag Voland & Quist OHG
Korrektorat: Annegret Schenkel, Leipzig
Umschlaggestaltung: HawaiiF3, Leipzig
Satz: Fred Uhde, Leipzig
Druck und Bindung: C.P.I. Moravia, Czech Republic

www.voland-quist.de

Voland & Quist

ANDREJ NIKOLAIDIS

DER SOHN

ROMAN

AUS DEM BOSNISCHEN VON MARGIT JUGO

O, wie stille war das Haus, als der Vater ins Dunkel hinging.
  (Traum und Umnachtung, Georg Trakl)

So ist jeder, gleich, was er ist, und ganz gleich, was er tut, immer wieder auf sich zurückgeworfen, ein auf sich selbst angewiesener Albtraum …
  (Der Keller, Thomas Bernhard)

I

Alles wäre anders gekommen, hätte ich es geschafft, die Abscheu zurückzuhalten, dachte ich.

Durch die geschlossenen Fensterläden sah ich die Sonne. Sie hatte alle Kraft verloren und verschwand, unfähig weiterzubrennen, hinter den Baumkronen des Olivenhains, der sich bis zu den Kieseln des Valdanos-Strands und weiter bis zu den Buchten Kruč und Utjeha erstreckte, wo es von Badegästen wimmelte, die willens waren, auch noch den letzten krebserregenden Strahl aufzusaugen, bevor sie nach Hause gehen, die sonnenverbrannte Haut mit Imitaten teurer Parfüme tränken und aufreizend gekleidet zu den Diskotheken und Terrassenbars eilen würden, wo Turbofolk gespielt wurde – voller Zuversicht, dass sie sich heute Nacht auf einen fremden Körper mit Verbrennungen dritten Grades legen, ein menschliches Wesen ihresgleichen besitzen und es dann wieder vergessen würden.

Zuerst wollte ich noch eine Weile liegen bleiben, doch der unerträgliche Schweißgeruch im Zimmer trieb mich aus dem Bett. Das Zimmer liegt zum Westen raus, darum ist es hier nachmittags so heiß wie in einer Gussfabrik, dachte ich. Den ganzen Nachmittag über knallte die Sonne auf die Wände. Selbst wenn sie untergegangen war, strahlten die Wände ihre Hitze noch ab. Die ganze Nacht lang warfen die Wände mit Hitze nach mir. Seit wir in dieses Haus gezogen waren, seit ich mich das erste Mal in dieses Bett gelegt hatte, schwitzte ich. Ich wachte um drei Uhr morgens auf und musste sofort aufstehen, weil das Kissen und das Laken schweißgetränkt waren und stanken, unvorstellbar stanken, einfach unerträglich. Ich wachte mitten in der Nacht auf und musste aufstehen, mein eigener Körper jagte mich aus dem Bett.

Es war eine katastrophale Entscheidung gewesen, ausgerechnet dieses Zimmer als Schlafzimmer zu nehmen. Eines Tages hatten wir ein Bett, einen Schrank und ein Regal hineingetragen, und noch am selben Tag war es mit unserer Ehe vorbei gewesen, auch wenn wir dies erst später begreifen sollten. Nichts konnte eine Nacht in diesem Zimmer überleben, schon gar nicht etwas derart Brüchiges, etwas derart Blutleeres wie unsere Ehe.

Zwei Jahre lang hatte ich geschwitzt, war entsetzt über meinen Körpergestank aufgewacht, hatte stundenlang auf dem Balkon Kaffee getrunken und war kurz vor Morgengrauen auf der Wohnzimmercouch wieder eingeschlafen. Zermürbt von Schlafmangel und Müdigkeit begrüßte ich sie, wenn sie aufwachte, mit einer Umarmung. Zwei Jahre lang versuchte ich zu verstehen, was nicht in Ordnung war, warum alles misslang, zwei Jahre lang versuchte ich, meinen Verstand anzustrengen, erschöpft von der Schlaflosigkeit und der Unzufriedenheit, die das Haus erfüllte. Zwei Jahre lang konnte ich nicht einmal mehr denken. Zwei Jahre lang, dann war alles vorbei. Sie ging. Sie sagte *Ich kann nicht mehr* und ging. Im gleichen Moment ließ ich mich auf das Bett fallen, in dem wir uns am Vorabend, unserem heuchlerischen Ritual folgend, einander *Ich liebe dich* gesagt hatten. Noch während des Falls schlief ich ein. Schweißgebadet wachte ich auf, wie immer. Sie war wirklich gegangen, schoss mir als Erstes durch den Kopf, als ich die Augen aufschlug. Sie war nicht mehr da. Das Bett stank weiter nach mir.

Ich stand auf, beinahe flüchtend. Ich schloss die Tür hinter mir, fest entschlossen, nie wieder etwas aus dem Zimmer zu lassen. Ich schleppte mich in die Küche und setzte Kaffeewasser auf. Dann rannte ich zum Zimmer zurück und drehte den Schlüssel zur Sicherheit noch zweimal um.

Ich könnte etwas lesen, dachte ich. Endlich könnte ich etwas lesen, sagte ich zu mir. Seit zwei Jahren lese ich nur noch Schreckensmeldungen in der Zeitung. Ich interessiere mich nur noch für Schreckensnachrichten und Bücher über Serienmörder. Nur noch für offene

Ausbrüche des Bösen, für die Hermeneutik des Bösen habe ich keine Kraft mehr, das habe ich hinter mir. Ich ertrage es nicht mehr, das Böse im alltäglichen Handeln sogenannter normaler Menschen zu suchen. Stattdessen suche ich mir vulgäre Manifestationen des Bösen aus. Ein Mann hat dreißig Menschen getötet und sie unter seinem Haus vergraben – damit kann ich noch umgehen. Aber die täglichen Boshaftigkeiten, die unterdrückten Wünsche und die billige Hinterlist der Menschen, denen ich begegne, durch die ich hindurchsehe, als wären sie Luft, wenn sie zu mir sprechen wie zu einem Blinden, davon überzeugt, mich betrogen zu haben, mich übers Ohr gehauen und mich dazu gebracht zu haben, an ihre Gutwilligkeit zu glauben – dafür habe ich keine Kraft mehr.

An jenem Morgen stand in der Zeitung: Mann auf eigene Bitte hin aufgegessen. Unter den Schreckensmeldungen war die heitere Geschichte von Armin Meiwes, dem Kannibalen aus Deutschland. Der Bürger Meiwes sei seinerzeit einer Kannibalen-Netzwerkgemeinschaft beigetreten, berichtete die Zeitung. Menschen sind gesellige Wesen: Sie versammeln sich, wenn sie geboren werden, sie versammeln sich, wenn sie zum Militär gehen, um zu lernen, wie man andere Menschen tötet, sie versammeln sich, wenn sie sich paaren und deshalb eine Ehe schließen wollen, und sie tun sich schließlich auch dann zusammen, wenn sie einander aufessen wollen. Meiwes hatte einen Ort gefunden, an dem sich seine Seelenverwandten versammeln. Er wollte einen

Menschen essen und vertraute diesen Wunsch seinen Freunden aus der Kannibalengemeinschaft an. Er schrieb eine Anzeige. Es meldeten sich vierhundert Menschen, die aufgegessen werden wollten. Und so geschah es: Er aß einen von ihnen auf. Dieser schien besondere Wünsche gehabt zu haben: Vor seiner Tötung bat er darum, zusammen mit seinem Wohltäter Meiwes ein *letztes Abendmahl* auszurichten und seinen eigenen Penis zu essen. Der gütige Meiwes wollte seinem Wunsch nachkommen, doch nach anfänglichem Enthusiasmus waren sich beide einig, dass die Speise ungenießbar war. Dem Freiwilligen wurde schlecht, er begann das Vaterunser zu beten. Meiwes, dem die Ärzte Normalität bescheinigten, verkündete, er habe nicht gebetet, da er nicht wisse, wer sein Vater sei, Gott oder Satan, daher sei ihm nicht klar gewesen, ob er zu Gott oder Satan beten solle, so stand in der Zeitung. Nach dem Gebet tötete Meiwes ihn, und etwas später aß er ihn auf, das gesamte Geschehen filmend.

Ich nahm Eliots *Das wüste Land* aus dem Regal, eine Freundin hatte uns das Buch geschenkt, im ersten Sommer in unserem Haus. Im November jenen Jahres, einem verregneten November, der uns dazu verdammt hatte, im Haus zu bleiben, weil unsere Spaziergänge durch den Olivenhain aufgrund des unaufhörlichen Regens unmöglich geworden waren, in jenem November hatten wir versucht, eine Idylle wie aus einem B-Movie zu schaffen. Wir saßen in *unserem* Wohnzimmer in den Sesseln, während in *unserem* Kamin ein Feuer knisterte. Wir saßen da und lasen Eliot. Ich las vor, sie hörte zu. Damals liebte ich sie, so wie ich sie immer geliebt habe. Damals hielt ich es nicht länger aus, so wie ich es nie länger ausgehalten habe. Damals beschloss ich, trotzdem weiterzumachen, so wie ich immer beschließe, weiterzumachen. Die Dinge scheitern nie meinetwegen, noch gelingen sie dank mir. Sie gehen immer an mir vorbei. Ich passe mich nur an.

Als Kind habe ich mir das Leben immer als eine Wüste vorgestellt, durch die ich schreite, ohne etwas zu verändern, ohne auch nur die geringste Spur zu hinterlassen. Damit, wenn ich entschwinde, kein einziger Fußabdruck im Sand zurückbleibt, kein Ascherest eines von mir angezündeten Feuers, kein Skelett eines von mir aufgegessenen Tieres, keine Karawane, der ich begegnet bin, kein Baum in einer Oase, in dessen Rinde ich die Initialen meines Namens eingeritzt habe, keine Frau in einem Dorf, bei der mein Kind aufwächst. Einfach vorbeigehen, unbemerkt, so, dass niemand sagen kann: Der da war's. So habe ich damals gedacht, so denke ich auch heute. Aber ich habe mich nicht daran gehalten. Ich habe geheiratet. Ich habe mir eine Frau genommen und bin spurlos weitergereist. Am Ende ist sie es gewesen, die *Ich kann nicht mehr* gesagt hat und gegangen ist, sie hat es getan, obwohl ich das Gleiche hätte sagen können, was ich aber nicht getan habe, sie hat es gesagt, weil sie stärker ist als ich.

Der April ist der grausamste Monat von allen, sagt Eliot. Aber er hat nicht an der montenegrinischen Küste gelebt, und seine Mitbürger haben nicht mit dem Vermieten von Zimmern Reichtümer angehäuft. Er hat nicht gesehen, wie Horden von Touristen in seine ruhige Stadt kommen und sie in einen riesigen, barbarischen Vergnügungspark verwandeln, er hat nicht gewusst, wie es sich anfühlt, wenn sich der Lebensraum nur noch bis zum Gartenzaun erstreckt, weil jedes Verlassen des Hauses bedeutet, sich durch einen Ameisenhaufen fremder Körper zu kämpfen, die hässlich sind und laut und auf krampfhaft gieriger Suche nach Genuss, was mich jedes Mal dazu nötigt, panisch zurückzurennen, mich ständig nach allen Seiten umdrehend, weil überall Gefahren lauern, zurück in die Welt meines Eigentums, das durch einen hohen Zaun vom Rest der Welt getrennt ist, den unbekannte und furchterregende Menschen in Besitz genommen haben. *Der August ist der grausamste Monat von allen*, sage ich.

Ich glaube, Ghazali hat gesagt: *Der Himmel ist von Leid umgeben und die Hölle von Genuss.* Von oben aus betrachtet, von der Anhöhe und vom Wald aus, wo mein Haus liegt, sieht die Stadt, in der ich lebe, im Sommer aus wie die Hölle. Denn Tourismus ist der Verkauf von Genuss. In einer Touristenstadt ist der Mensch tatsächlich von Genuss umgeben. Ghazali hat recht: Ich bin in der Hölle, denn ich bin von Genuss umgeben. Auch Sartre hat recht, wenn er sagt: *Die Hölle, das sind die anderen.* Ihr Genuss ist meine Hölle.

Das Telefon klingelte. Ein Freund war am Apparat und sagte, gerade sei die DVD von *Cannibal Holocaust* aus Amerika bei ihm eingetroffen. Was ist das?, fragte ich. Ein Film über eine Expedition von Filmemachern, die im Amazonas auf einen Kannibalenstamm stoßen, sagte er. Ein vielversprechender Anfang, was passiert dann?, fragte ich. Nichts, sagte mein Freund, den Rest des Films essen die Menschenfresser sie auf. Die Firma, bei der ich den Film gekauft habe, heißt *Grindhouse* und ist spezialisiert auf den Verkauf der obskursten, schockierendsten und abscheulichsten Filme aller Zeiten, erzählte mein Freund nicht unbegeistert. Stell dir vor, was ich im Katalog entdeckt habe: Unter dem reichen Angebot an Filmen, in denen Menschen schrecklichsten Qualen ausgesetzt werden, also vergewaltigt, zersägt, zerstückelt und aufgegessen, gibt es die Option: Ohne Gewalt an Tieren. Verstehst du?, rief er in den Hörer. Ich verstehe, presste ich durch die Zähne. Verstehst du, rief er, die sorgen dafür, dass Leuten, die Kannibalismus toll finden, die sich aber vor Gewalt an Tieren ekeln, nicht schlecht wird, wenn sie sich aufgeschlitzte Menschen ansehen. Ich fürchte, ich verstehe, sagte ich.

Danach war mir klar, dass aus dem Lesen nichts mehr werden würde. Immer geschah etwas, was mich im letzten Moment vom Lesen abhielt. Zum Lesen, und überhaupt zu jeder geistigen Anstrengung, war Muße unerlässlich. Wäre mir nicht langweilig gewesen, hätte ich nie irgendetwas geschrieben. Mir war auch weiterhin langweilig, wie immer, aber eine ganze Weile schon wusste ich nicht mehr, warum es überhaupt wichtig sein sollte, zu lesen oder zu schreiben, warum es wichtig sein sollte, den Geist zu entwickeln, wie man sagt. Ich gab das Lesen auf und schaltete den Computer ein.

Ich kam nicht ins Internet. Die Dial-up-Verbindung brach immer wieder ab. Die Leitungen sind überlastet, dachte ich. Gerade schickten Tausende im Kosovo gebürtige Touristen Nachrichten an ihre Familien im Westen. Dorthin, wo sie das Kleingeld verdienten, mit dem sie im Sommer während der zweiwöchigen Urlaube, die ihnen nichts als Frust bescherten, um sich warfen. Denn auch wenn sie wie Pfauen stolzierten, auch wenn sie junge Mädchen aus Peć als Freundinnen hatten, die sie mit Goldketten und zehn Jahre alten Mercedes verführten, hing ihnen doch der Klogestank noch in der Nase, der Gestank nach den Klos, die auf sie, ihre Reinemacher, warteten, in München, in Stockholm und in Graz. Jetzt waren sie vom Strand zurück und telefonierten und verschickten E-Mails wie wild, getrieben von ihrem Bedürfnis nach Kommunikation; Analphabeten, die jedes einzelne Wort nur mit an Geburtsqualen grenzender Mühe hervorbrachten.

Mein Atem stockte vor Verachtung und Widerwillen, vor Abscheu, von der ich so umfassend und folgenschwer überströmt wurde wie die Heiligen von Liebe, wie man so sagt. Ich brauchte einen Blick in die Weite, einen Blick auf die tröstliche Leere des offenen Meeres, auf das von Menschen unverschmutzte Blau. Ich rannte hinaus auf den Balkon.

Der Abend brach herein. Wieder ging die Sonne hinter Onkels Olivenhain unter, wie wir die Anhöhe mit dem Dutzend Olivenbäumen nannten, die fünfzig Hektar Macchie voller Sandottern und Wildschweine, die uns den

Blick auf das Meer verdeckte. Mein Vater behauptete, einmal habe er hinter dieser Anhöhe irgendetwas landen sehen, was nicht von dieser Welt war. Es gelang mir nie, ihm klarzumachen, dass es nur die Sonne gewesen sein konnte. Nachmittag für Nachmittag hatten wir auf der Terrasse gesessen und auf die Dämmerung gewartet, schweigend hatten wir zugesehen, wie die Sonne unterging, wie sie sich hinter den Umrissen der Anhöhe verlor, die seit jeher zwischen mir und der Welt steht. Wenn das Licht erloschen war, stand mein Vater auf und sagte resolut *Nein, das war auf keinen Fall die Sonne.* Dann verschwand er im Haus. Danach gaben nur noch Bachklänge zu erkennen, dass er weiter existierte, dass er wie jeden Abend im Dunkel des Schlafzimmers lag, gelähmt von der Depression, die ihn bereits seit zwei Jahrzehnten quälte.

An jenem Abend stand die Anhöhe in Flammen. Statt des frischen Seewinds schlug mir die Hitze des brennenden Waldes ins Gesicht. Wieder einmal macht das Feuer die ganze Mühe meines Vaters zunichte, dachte ich. Nach jedem Brand durchsuchte die Polizei das Gelände, um dem Täter auf die Spur zu kommen. Es erübrigt sich zu sagen, dass sie nie irgendetwas gefunden haben. Weder eine Scherbe noch ein Streichholz, ganz zu schweigen von den Spuren eines Brandstifters. Ich sag's doch, sie finden nie heraus, wer die Anhöhe in Brand steckt, wie auch, wenn das Feuer nicht von dieser Welt ist, sagte mein Vater jedes Mal.

Als die Anhöhe das erste Mal in Flammen stand, sah er darin ein Zeichen Gottes: Mein ganzes Leben ist verstrichen, ohne dass ich den Olivenhain, den Onkel mir hinterlassen hat, eines Blickes gewürdigt habe. Jetzt gibt es den Olivenhain nicht mehr, nur noch meine Pflicht gegenüber diesem Stück Land, so sagte mein Vater, der zu Fatalismus neigt, wie alle in dieser absonderlichen, verfluchten Familie. Er umfriedete die gesamte Anhöhe. Schritt für Schritt kämpfte er sich durch den abgebrannten Wald, brach den Stein auf und schlug Weißdornpflöcke in den Fels wie in das Herz eines Vampirs. Dann befestigte er Stacheldraht an den Pflöcken, der ihm das Fleisch an den Händen zerfurchte. Monatelang kam er von Kopf bis Fuß rußschwarz nach Hause, wie ein Bergarbeiter, der gerade aus dem tiefsten Stollen gekommen ist. Und das war er auch: ein Bergarbeiter. Er stieg in das Herz seiner Erinnerungen hinab. Er haute nicht den Wald aus – er grub in seinem Inneren, er brach den Stein auf, der ihn zerdrückte, er räumte die Lawine weg, die ihn verschüttet und lebendig begraben hatte. Durchnässt und rußschwarz kam er nach Hause, bis er eines Tages verkündete, seine Arbeit sei vollbracht. Das Gut war eingefriedet und gesäubert. Neue Steinmauern waren errichtet, neue Olivenbäume gepflanzt. Er führte mich und Mutter auf die Terrasse und zeigte uns zum x-ten Mal Onkels Olivenhain. Ich habe ihn aus den Flammen wiedergeboren, sagte mein Vater.

Als die Anhöhe das zweite Mal abgebrannt war, errichtete er einen neuen Zaun und pflanzte wieder Olivenbäume. Dazu baute er noch einen Stall. Dann kaufte er Ziegen aus Österreich. Er ging in seinem Arbeitseifer sogar so weit, dass er die Ziegen selbst hütete. In diesem Jahr war er Hirte. Tagsüber zog er mit den Ziegen auf der Anhöhe umher. Abends führte er sie in den Stall zum Schlafen. Das Weideland ist dieses Jahr perfekt, sagte er, aus der verbrannten Erde sprießen junge Triebe, darum haben meine Ziegen das beste Futter. Sie sind eingezäunt, sicher vor spitzen Steinen, endlich im Trockenen. Wie in einem Fünf-Sterne-Hotel, sagte er immer wieder. Meine Mutter glaubte zu wissen, woher die Hingabe meines Vaters zu den Ziegen kam. Der Onkel war lungenkrank, das weiß ich noch aus Omas Erzählungen, behauptete sie. An der Lungenkrankheit ist er dann auch gestorben, sagte meine Mutter, die letzten Jahre seines Lebens hatte er aber den Ziegen zu verdanken. Eine Frau aus Šestani hat ihm Milch gebracht. Diese Milch hielt ihn am Leben, als die Ärzte ihn schon aufgegeben hatten. Er hatte keine Frau und Kinder, erzählte mir meine Mutter, nur deine Oma – die Frau seines verstorbenen Bruders –, deinen Vater und die Ziegen oben in Šestani. Er hat bei deiner Oma und deinem Vater gelebt, und er hat dank der Ziegen überlebt, sagte meine Mutter.

Geboren in Crmnica, war mein Großonkel in jungen Jahren nach Amerika ausgewandert. Um dem Hunger zu entkommen, hat er sein Dorf verlassen – nur um dann drei Jahre lang in der Großstadt New York zu hungern. Er übernachtete in verlassenen Lagerräumen. Um sich zu ernähren, stahl er auf dem Markt Gemüse. Manchmal tötete er einen streunenden Hund und dankte Gott für das Tötungsgeschick, das er sich beim Vögeljagen am Skadar-See angeeignet hatte. Nach nur einer Woche wusste ich, ich würde es schaffen, ich würde überleben, hat er später der Frau seines Bruders und deren Sohn erzählt. Mitten in New York habe ich gelebt wie mitten in den Bergen, sagte er. Der Junge, mein Vater, hörte ihm mit aufgerissenen Augen zu, als er vom Hundeleder erzählte, aus dem er Schuhe gefertigt habe. Der Junge hatte seinen Vater nie gesehen, aber er stellte ihn sich vor wie seinen Onkel, mit kurzem grauen Schnurrbart, er stellte sich vor, wie er in Schuhen, die nach Leder duften (vielleicht sogar Hundeleder?) die Küche betreten, wie er seine Mutter und ihn umarmen würde, wie er ihm, so wie sein Onkel, ein wenig Geld für Süßigkeiten zustecken würde, und wie er abends, wie der Onkel, von all den aufregenden Abenteuern erzählen würde, die er erlebt hatte.

Der Mann hatte sich in Amerika ein Vermögen aufgebaut, aber er war gebrochenen Herzens gestorben. Er hat nie geheiratet, darum ist er unglücklich gestorben, hat der Junge seine Mutter sagen hören. Alles, was ich getan habe, mein ganzer Lebensweg, alles ist umsonst, denn ich sterbe ohne Sohn, habe der Onkel kurz vor seinem Tod gesagt, wie meine Großmutter meinem Vater sagte, der es später mir erzählte. Sein gesamtes Vermögen hinterließ er der Familie seines Bruders. Wäre der Onkel nicht zurückgekehrt, hätte er länger gelebt, behauptete meine Mutter bis zu ihrem Tod. Er hat deinen Vater gesehen und um seinen ungeborenen Sohn getrauert, pflegte sie zu sagen, das hat ihn schließlich umgebracht.

Sein Leben lang hat er sich geplagt, um dann mutterseelenallein zu sterben. Seinen ganzen Besitz hat er der Frau seines Bruders hinterlassen. Sie aus der Armut gerettet, in der sie nach dem Tod ihres Mannes ihr Kind großziehen musste. Während meiner ganzen Kindheit habe ich mich von meines Onkels Mühen ernährt, von seinem Schweiß und seinen Qualen, so sagte mein Vater.

Der Mensch plagt sich und stirbt. Das ist die Geschichte von jedem von uns, die komplette Biografie des gesamten Menschengeschlechts. Vor fünfzig Jahren war er begraben worden. Alles, was von ihm übrig war, stand heute Nacht in Flammen.

Jetzt ist alles aus, dachte ich, als ich das Feuer in den Nachthimmel schlagen sah. Schon wieder brannte der Wald, das dritte Mal in zehn Jahren. Das Feuer würde meinen Vater endgültig besiegen. Er hatte nicht mehr die Kraft, das Anwesen von Neuem aus der Asche zu heben. Seit dem Tod meiner Mutter hatte sich die Depression durch die ihm auferlegte Einsamkeit, die ihn unvorbereitet getroffen hatte, noch verstärkt. Er verließ das Haus nahezu gar nicht mehr. Den ganzen Tag über saß er im abgedunkelten Salon. Worüber er wohl nachdachte, fragte ich mich, aber es war mir egal. Ich hoffte nur, dass er nachdachte, dass wenigstens seine Gedanken die glatte, hohe Mauer der ihn umgebenden Depression durchbrechen konnten.

In jener Nacht stand die Anhöhe in Flammen, doch er trat nicht hinaus, nicht einmal, um das Feuer zu beobachten, das all seine Mühen verschlang. Vom Balkon meines Hauses blickte ich auf seine Terrasse, ohne die Hoffnung, dass er auftauchen würde, dass er durch die Tür schreiten würde, hinter der er beschlossen hatte zu sterben. Seine Frau war gestorben, meine Frau war gegangen. Zwei Männer, jeder in seinem Haus, die sich nicht einmal von dem weniger als hundert Metern entfernten Brand vereinen ließen, und sei es nur im gemeinsamen Blick auf das Feuer, in dem ihr Anwesen dahinschwand.

Die brennende Anhöhe klang wie das Knistern einer alten Schallplatte. Wie das Rauschen einer Kassette. Wie etwas, was nach dem Drücken der Dolby-Taste aufhören würde. Das Feuer breitete sich indessen unaufhaltsam aus, den steilen Hang hinab. Ich schaltete den lokalen Radiosender ein. Die ersten Häuser sind bereits evakuiert, wurde gemeldet. Hinter den ersten Häusern lagen naturgemäß zweite Häuser. Und dahinter mein Haus. Der Gedanke daran, dass die gesamte Nachbarschaft *mit vereinten Kräften* den Brand zu stoppen versuchte, erfüllte mich mit Schrecken. In Wirklichkeit störten sie die Feuerwehrleute bei der Arbeit. Ich konnte mir vorstellen, wie sie über mich herzogen. Er ist als Einziger nicht gekommen, sah ich sie flüstern, dabei ist es ihr Land, das brennt, und er ist nicht da, sollen wir etwa löschen, was ihnen gehört?, fragten sie sich. Und ignorierten dabei die Tatsache, dass sie ihre eigenen Häuser retteten, nicht meinen Olivenhain. Dass sie das Feuer in meinem Olivenhain nur löschten, weil sie Angst hatten, die Flammen könnten auf ihre eigenen Häuser überspringen. *Mein Olivenhain*, der mir übrigens gar nicht gehört.

Die Regierung habe alle Löschflugzeuge an Kroatien verkauft, meldete das Radio, sie sei der Ansicht gewesen, keine Flugzeugflotte zur Brandbekämpfung zu brauchen. Das war im Frühling gewesen. Schon in den ersten Junitagen war an der Küste Feuer ausgebrochen. Es brannte immer noch. In Lastva oberhalb von Tivat, in Budva, Petrovac, Možura, bis hin zum Skadar-See. Und jetzt auch in Ulcinj, die Flammen hatten sich von Onkels Anhöhe bis zu den ersten Häusern von Liman ausgebreitet. Die Altstadtmauer ist in Gefahr, meldete das Radio.

Weil die Regierung die Flugzeuge verkauft hatte, löschten Hubschrauber den Brand. In sackähnlichen Behältnissen schleppten sie Wasser mit sich und warfen es auf das Feuer. Wenn das Wasser auf die Erde fiel, behinderten Rauch und Dampf die Sicht auf die Schönheit des Feuers. Alles verlor sich in einer grauen Wolke, bis die Flammen ein, zwei Minuten später die Herrschaft über das Anwesen meines Vaters wiedererlangten.

Bald wurde mir bewusst, dass der Anblick mich langweilte. Jetzt waren es schon drei Hubschrauber. Sie würden das Feuer bezwingen, das war klar – ein weiterer Triumph der Technik. Hier gab es nichts mehr für mich zu sehen, nicht da, wo Technik und Natur gegeneinander kämpften. Ich wusste nicht, was von beidem monströser war – die böse Natur oder die böse Technik, mit der sie diese zu bezwingen versuchten. Ehe ich mich umdrehte und ins Zimmer zurückging, warf ich einen Blick auf das Haus meines Vaters. Die Lichter waren aus, aber ich wusste: Er schlief nicht.

Da hörte ich das Meckern der Ziegen. Der Nachbar trieb die Herde Richtung Haus. Grüß dich, mein Lieber, hörte ich, was mir das Blut in den Adern gefrieren ließ. Ich war zu einem Gespräch mit ihm nicht bereit. Ich war nicht in der Lage, mich bei ihm dafür zu bedanken, dass er Vaters Ziegen aus den Flammen gerettet hatte. Ihm etwas zu trinken anzubieten. Mit ihm zu reden – *von Nachbar zu Nachbar, von Mensch zu Mensch.*

Doch schon winkte er mir zu, schon stand er vor dem Gartentor, das ich immer abschloss. Zu spät: Es gab kein Entrinnen mehr. Ich zog mir Boxershorts an und ging hinunter, um ihm zu öffnen.

Was ist da nur über uns gekommen, mein Lieber?, sagte er. Glücklicherweise erwartete er keine Antwort. Es ist alles verbrannt, alles, was dein Vater aufgebaut hat, fuhr er fort, während er die Ziegen durch das Gartentor trieb. Ich habe sie gerade noch retten können, sagte er, ich habe sie herausgeholt, als das Feuer schon den Stall erfasst hat, der Stall selbst war nicht mehr zu retten. Es ist eine Schande, mein Lieber, sagte er noch, aber so ist das Leben – man plagt sich und weiß nicht, wofür. Der Mensch plagt sich, und ehe er sich's versieht, ist alles weg, sagte er. Vom Feuer verschlungen, wie es heißt, sagte er, aber es ist nicht das Feuer, lieber Nachbar – es ist Gott. Ich war mir sicher, dass er in seinem Bekanntenkreis als weiser Mann galt.

Schließlich hatte er alle Ziegen in den Garten getrieben. Mir reicht's, dachte ich. Die Ziegen machten sich bereits ans Überleben: Dem Tod gerade knapp entronnen, rupften diese Geschöpfe schon wieder Gras und stanken schamlos. Allen voran die Ziegenböcke, die noch schlimmer stanken als der Nachbar, der mir jedes Mal, wenn ich versuchte, von ihm abzurücken, um frische Luft zu atmen, beharrlich folgte.

Weißt du, mein Guter, ich erzähle immer, dass euer Rakija der beste ist, sagte er, fest entschlossen, sich seine gute Tat belohnen zu lassen. Lass uns nach oben gehen, sagte ich machtlos angesichts dieser Form der Unhöflichkeit, angesichts von Menschen, die sich selbst einluden. Ich setzte den Fuß auf die Treppe und drehte mich abrupt um, da ich mich beobachtet fühlte. Und tatsächlich war meine Paranoia einmal mehr berechtigt: Ein schwarzer Ziegenbock starrte mich an. Im Dunkeln sah ich, wie er mich mit seinen gelben Augen fixierte. Seine dunklen, länglichen Pupillen glichen einer Erdspalte, bereit, mich zu verschlucken. Bedrohlich weitete er seine Nüstern, aus denen glänzender Schleim tropfte. Mit seinen kleinen Zähnen kaute er das Gras, über das ich geschritten war, den Blick fest auf mich gerichtet. Ich war mir sicher, dass wir beide das Gleiche dachten: Er, wie er mich frisst, und ich, wie mein Fleisch in seinem Maul verschwindet, wie seine Zähne in mich eindringen und mich Stück um Stück zerfleischen.

Alles in Ordnung?, vernahm ich den Mann hinter mir. Ich drehte mich um und erblickte den Nachbarn, den ich völlig vergessen hatte. Zum ersten Mal in meinem Leben freute ich mich, ihn zu sehen. Zum ersten

Mal finde ich Trost in einem anderen menschlichen Wesen, dachte ich, sein zahnloses Lächeln und den stumpfen Blick, seine niedrige Stirn und die abstehenden, geröteten Ohren erblickend. Nur möglichst weit weg von der Bestie, dachte ich und eilte die Treppe hinauf. Der Nachbar lief mir verwundert hinterher. Mach langsam, mein Guter, du siehst ein bisschen blass aus, hörte ich ihn sagen. Ich führte ihn ins Haus und blickte mich noch einmal nach dem Ziegenbock um – er stand immer noch an derselben Stelle und starrte mich unverändert an. Als gäbe er mir zu verstehen, dass ich ihm das Tor zu meinem Haus geöffnet hätte, dass er eingetreten sei und nie wieder gehen würde, dass er hier stehen und auf mich warten würde bis an mein Ende, wann immer dieses Ende kommen würde.

Rakija habe ich nicht, trinkst du Whisky?, sagte ich. Ich trinke alles, sagte er. Ich goss mir ein volles Glas und ihm nur zwei Fingerbreit ein, weil ich wollte, dass er möglichst bald wieder ging. Wir setzten uns einander gegenüber in die Sessel im Wohnzimmer. Die Flasche stellte ich zwischen uns auf den Tisch, in der Hoffnung, sie würde mir den Blick auf ihn versperren. Vergeblich: Der Tisch war zu niedrig und die Flasche zu klein.

Durch die Balkontür konnte ich die Spitzen der Flammen sehen, welche die Anhöhe bis jetzt bestimmt zugrunde gerichtet hatten. Ich sah die Flammen und fand Trost darin. Die Flammen waren ein perfekter Grund, den Mann vor mir nicht anzusehen. Er leidet unter dem Brand, dachte er bestimmt. Sein Vater tut ihm leid, dachte er. Er versuchte, mit mir ins Gespräch zu kommen, gab es jedoch bald auf. Er beschloss, mich der Trauer zu überlassen. Ich schenke mir selbst nach, Nachbar, du hast sicher nichts dagegen, denke du ruhig, sagte er. Danach saßen wir im Stillen. Als er den ganzen Whisky getrunken und sich vom Spähen durch die Balkontür schon den Hals verrenkt hatte, ging er. Du bist ein guter Mensch, sagte er im Gehen. Ich nickte, ohne ihn anzusehen. Als er die Tür hinter sich geschlossen hatte, fing ich an zu weinen.

Auch sie hatte so geweint, als würde sie jemanden bitten, mich, dachte ich manchmal, als würde sie zu jemandem beten, der sie nicht hört. Der einzige Zweck des Weinens ist das Selbstmitleid, es schenkt uns größte Zufriedenheit, einen feuchten Orgasmus nach emotionaler Masturbation. Denn wir bemitleiden uns selbst, weil es sonst niemanden gibt, der dies für uns tun würde. Selbstmitleid ist hoch angesehen. Nur wer weint, wer über sich selbst heult, ist es wert, auch von anderen bemitleidet zu werden. Nur für einen Augenblick. Ehe man sich's versieht, wendet sich jeder wieder sich selbst zu, denn dauerhaft kann der Mensch nur mit sich selbst Mitleid haben. Was man ihm nicht übel nehmen kann, denn am Leben zu sein ist tatsächlich ein trauriger Fakt, den man nur beweinen kann.

Als sie endlich aufgehört hatte zu heulen, verließ sie mich. Mit einem Mal wischte sie die Tränen ab und warf mir statt eines verweinten, einen hasserfüllten Blick zu. Du hast mich kaputt gemacht, sagte sie. Ich verfluche jeden Tag unseres Lebens, sagte sie weiter. Ich konnte klar erkennen, worauf das alles hinauslief. Noch zwei, drei Sätze und sie will meinetwegen sterben, dachte ich. Doch es kam anders. Das Leben mit dir war die Hölle, sagte sie stattdessen, und diese Hölle verlasse ich jetzt, ich will wieder leben. Wenn ich genauer darüber nachdenke, sollte ich dir danken, du hast den Wunsch nach Leben in mir wiedererweckt, fuhr sie fort, den Wunsch zu einem Leben nach dir. Jetzt weiß ich: Es gibt ein Leben nach dem Tod, nämlich ein Leben nach dir, lachte sie hysterisch. Danke für alles, rief sie, während sie ihre Sachen in den Koffer warf. Sie ging, bevor ich irgendetwas sagen konnte. Ich stand im Flur, den Blick an die Tür geheftet, die sie hinter sich zugeschlagen hatte, allein im Haus, das kurz zuvor noch das Zuhause meiner Familie gewesen war. Worauf wartete ich? Dass sich die Tür wieder öffnen würde, dass sie hereinkommen und lachen würde, wie nur sie es konnte, dass sie ihr Lächeln in dieses fluchbeladene Haus zurückbringen würde, dessentwegen ich sie übrigens ins Herz geschlossen hatte, ihr Lächeln, das ich geheiratet hatte? Heute morgen war sie gegangen, und ich konnte mich schon nicht mehr erinnern, warum. Was war zwischen uns geschehen, was war so unerträglich geworden? Ich dachte über sie nach, doch mir fiel kein einziger Grund ein, warum ich Abscheu für sie empfunden hatte, warum ich mich von ihr entfernt hatte, unfähig, innig mit ihr zu leben. Jetzt liebte ich sie, das wusste ich. Ich dachte an ihr Lächeln, und ich liebte sie wie am ersten Tag, als ich sie kennengelernt hatte. Als wäre alles nicht geschehen. So denke ich nur, weil sie gegangen ist, nur weil alles, was war, ins Nichts zurückgekehrt ist, dachte ich.

Ich erinnerte mich, wie ich sie beim Singen in der Küche betrachtet hatte: Sie stand da, in einem perfekten Licht, das so präzise wie die Beleuchtung auf barocken Gemälden durch das geöffnete Fenster drang. Wie ein Engel mit ausgebreiteten Flügeln, einen Augenblick, bevor sie ihre *zerbrochene Stirne* über mich beugen würde, bevor ihre Flügel in den Schlamm fallen würden, in dem ich mich befand. Dann begann sie zu singen, und der schreckliche Gesang machte das Bild zunichte. Du siehst aus wie ein Engel, Liebste, aber du singst wie ein Frosch, sagte ich zu ihr. Jeder Mensch wird übrigens unerträglich, wenn wir ihn besser kennenlernen. Deshalb sind Frauen auf Leinwänden die schönsten Frauen. Sie haben nur ihr Äußeres. Sie sind schön: Mehr müssen wir nicht über sie wissen. Jede weitere Information zu ihren Biografien, Gewohnheiten und Gedanken würde uns abstoßen und unsere Bewunderung in Abscheu verwandeln. Ich kann mir denken, wie das Mädchen mit dem Perlenohrgehänge gestunken haben muss. Damals hat es in Europa noch keine Badezimmer gegeben, sodass man sich die Europäerinnen dieser Zeit fast nur als Pestbazillenträgerinnen vorstellen kann. Das Mädchen auf dem Bild ist, wie wir wissen, eine Magd gewesen. Als sie vor dem Maler posierte, der ihre Schönheit, also die Lüge über sie verewigen wollte, hatte sie bestimmt schon das Mittagessen gekocht, die Böden geschrubbt und sämtliche Einkäufe erledigt. Sie hatte bis dahin mindestens dreimal geschwitzt. Es musste schrecklich sein, mit ihr im selben Raum zu sein. Und dennoch gibt es keinen Mann, der sie nicht küssen möchte, wenn er sie an der Museumswand hängen sieht.

Kunst lügt übrigens immer, sie verführt uns mit ihren Lügen wie der Mörder das kleine Mädchen verführt, das im Regen vor der Schule steht und auf seine Mutter wartet, die zu spät kommt, weil ihr Liebhaber an diesem Tag ein paar Minuten länger für den Orgasmus gebraucht hat als sonst, sie nimmt uns an die Hand wie ein kleines, von Lügen geblendetes Mädchen und führt uns weg von der Wahrheit, weg vom Leben. Kunst erweckt den Eindruck, die Dinge hätten einen Sinn, in der Kunst geschehen Dinge immer *mit Grund*, die Wahrheit ist naturgemäß eine andere, wir kennen nie den Grund, noch erkennen wir den Sinn dessen, was uns widerfährt. Die Dinge sind weder schön noch gerechtfertigt. Sie stinken einfach nur, so wie der verschwitzte Jesus am Kreuz gestunken hat, so wie die Menschenmenge gestunken hat, die Steine nach ihm warf, so wie die Jünger gestunken haben, die um ihn weinten, so wie Heilige und Sünder gestunken haben, Opfer und Henker, da Vincis *Mona Lisa* und Vermeers *Mädchen mit dem Perlenohrgehänge*, und allen voran: van Goghs *Schuhe*, von denen Heidegger, selbst nach Bier und Würsten stinkend, behauptete, es seien Bauernschuhe. So wie wir, die Lebenden, stinken, die wir uns vergeblich waschen, denn der Schmutz ist unser natürlicher Zustand, nicht die Sauberkeit – wir waschen uns, aber wir machen uns immer von Neuem schmutzig. Und wir stinken entsetzlich: von Geburt an bis zum letzten Atemzug, sogar im Sterben stinken wir, *im Leben wie im Tode.*

Erst jetzt, da sie weg war, konnte sie wieder schön sein, erst jetzt konnte ich sie wieder lieben. Denn ich vergaß alles, was ich über sie erfahren hatte, ich behielt nur ihre Schönheit. Ihr lächelndes Gesicht. Dieses Bild bewahrte ich mir, so wie kostbare Gemälde in hochgesicherten Museen bewahrt werden.

Wenn wir schon beim Thema Frauen sind …, dachte ich. Mühevoll erhob ich mich vom Sessel, um mich an den Computer zu setzen. Schon beim ersten Versuch gelang die Internetverbindung. Ich tippte *free cumshot pics* in die Suchmaske ein. Wahllos öffnete ich eine der vierzig Millionen angebotenen Pornoseiten. Ich speicherte ein paar spermaverschmierte Frauengesichter auf dem Desktop, die zu den Männchen, die gerade ihren Samen über sie ausgeschüttet hatten, aufblickten wie zu heidnischen Fruchtbarkeitsgöttern. Cumshots – mein Lieblingssegment der Pornografie. Das freizügige Verspritzen von Samen, das trotzige und vergebliche Verschleudern von Vaterschaft.

Zum Masturbieren bereit!, dachte ich. Übrigens: Masturbation ist die äußerste Konsequenz des Descartesschen Subjektbegriffs. Ich fixierte das Foto auf dem Bildschirm: Eine Silikon-Koreanerin kniete vor einem beschnittenen Schwarzen. Ein sichtlich multikulturelles Bild. Politische Korrektheit ist nur in der Pornografie tolerabel, genau da gehört sie auch hin, dachte ich. Denn was ist politische Korrektheit anderes als eine Pornografie der Korrektheit?

Das passiert mir immer, dachte ich. Meine Masturbation ist viel zu intellektuell geworden, viel zu diskursiv, um noch möglich zu sein. Seit Monaten verspüre ich keine sexuelle Erregung mehr. Mein Drang ist es, Pornobilder zu dekonstruieren, unglaublich!, rief ich aus. Mein Hunger nach Groteskem wird mich zerstören, rief ich im Kreis gehend. Dieser Drang, in jedem Detail das Groteske zu finden, wird mich umbringen! Auf alles blicke ich mit Verachtung, weil ich in allem Disharmonie und Elend sehe, rief ich. Die einzige Alternative zur Abscheu ist Mitleid, und das ist ebenso tödlich. Am Ende werde ich krepieren, und wenn ich begraben werde, werden mich alle verachten, ich werde niemandem leidtun. Es ist unerträglich, wie mein Gehirn funktioniert, brüllte ich. Ich ging hinaus auf den Balkon und umfasste mit beiden Händen das Geländer. Ich halte diese Abscheu nicht mehr aus, kein Mensch hält das aus, brüllte ich. Aber was soll ich machen, wenn ich das alles doch sehe, wenn mich das Elend und die Verdorbenheit, die ich sehe, zu Abscheu und Mitleid treiben, mich kreuzigen, wie Christus. Ich bin wie Christus am Kreuz, der statt Liebe für die ihn steinigende Menschenmenge nur Abscheu empfindet. Was, wenn Christus in dem Widerling, der ihn schlug, als er sein Kreuz trug, nur ein armes Schwein gesehen hätte, jemanden, der am Vortag erfahren hatte, dass seine Frau ihn betrügt, und der heute ihn schlägt, weil er sie gestern nicht geschlagen hat? Was, wenn es so gewesen wäre? Was, wenn Christus ihm gegenüber Abscheu empfunden hätte? Was, wenn er über diese grotesken Kreaturen gelacht und dann seinen Atem ausgehaucht hätte, im Ozean der ihn überflutenden Trauer, der Trauer über allen Jammer auf der Welt. Was, wenn es so gewesen wäre? Dann wäre alles zugrunde gegangen, dann gäbe es nichts als Agonie, so wie alles tatsächlich zugrunde gegangen ist, so wie mein Leben nur eine Agonie ist, in der sich nur auf der Tatsache des Todes Optimismus gründen lässt – nur der Tod als etwas, was endlich Hoffnung bringt!, brüllte ich.

Ich wecke meinen Vater noch auf, dachte ich in größter Angst und wurde still. Ich blickte zum Haus meines Vaters. Er hatte mich nicht gehört: Er hatte das Licht nicht angemacht und war nicht auf die Terrasse gegangen. Er fragte nicht vorwurfsvoll: Was in Gottes Namen tust du da? Was mich immer am meisten beschämt und demzufolge am meisten genervt hatte. Mein Vater ist wieder nicht aufgetaucht, dachte ich. Ich versuchte mich zu erinnern, wann ich ihn das letzte Mal gesehen hatte. Vergeblich: Ich fragte mich, ob er das Haus überhaupt noch verlässt.

Wenn ich ihn nicht wecke, dann die Hunde, die sich unten auf der Straße zerfleischen, dachte ich. Ein großer schwarzer Köter hatte sich auf einen unseligen Jagdhund gestürzt. Gefolgt von einem ganzen Rudel dieses schmutzigen Hundegeschlechts, einem Rudel aus missratenen Kläffern, die sämtliche schlechte Eigenschaften ihrer gesamten Vorfahrenschaft in sich vereinten. Der riesige schwarze Köter packte den schwächlichen Jagdhund am Nacken. Er ließ ihn ausbluten, was die Anhängerschaft des schwarzen Hundes angelockt hatte, sein blutschänderisches, degeneriertes Rudel. Der Jagdhund verendete qualvoll, während Dutzende Kiefer ihm die Gliedmaßen abrissen und sie über den klebrigen, heißen Asphalt schleppten. Sie wecken meinen Vater noch auf, dachte ich. Dann endet wieder alles in einem Streit, wie jedes unserer Gespräche, seit meine Mutter gestorben ist, ohne dass sie zwischen uns steht, als Damm und als Brücke. Ohne die Gegenwart meiner Mutter hatte sich unsere Beziehung letztlich darauf reduziert, was sie im Kern immer gewesen war: gegenseitiges Nicht-ertragen-Können. Schon seit der Kindheit geht mein Vater mir auf die Nerven. Alles, was er sagt, oder schlimmer noch: was er tut. Das Trauma, das ich aus frühester Kindheit mit mir herumschleppe, ist mein Vater. Ich glaube, ich habe in der Kindheit Hunderte von Nervenzusammenbrüchen erlitten – jeden einzelnen seinetwegen. Jedes Mal, wenn es meinem Vater einfiel, mir einen Gutenachtkuss zu geben, in mein Zimmer zu kommen, mir über das Haar zu streicheln und mir etwas zu sagen, was *er*, der nie etwas über das Kind gelernt hatte, *er*, der sich nie daran gewöhnt hatte, mit seinem Kind zusammenzuleben, *er*, der die Tatsache, dass er ein Kind hatte, in Wahrheit nie akzeptiert hatte, also jedes Mal, wenn er etwas sagte, was *er* für liebevoll hielt, jedes Mal, wenn er mir nach diesem *liebevollen* und glücklicherweise kurzen Monolog über das Haar strich und mir einen Kuss in den Nacken gab. So wie an dem Abend, als Milan von dem knorrigen, märchenhaften, fünfhundert Jahre alten Ahornbaum fiel, als er von dem Ahornbaum fiel, auf den er geklettert sei, weil ich ihn dazu überredet hätte, wie sie sagten. Ich kann mich nicht daran erinnern, ich weiß nicht, warum Milan an diesem Tag auf den Baum geklettert ist, aber ich weiß, dass er oft auf den Baum geklettert ist. Vielleicht ist er hinaufgeklettert, um mir einmal mehr, überflüssig wie jedes Mal, zu zeigen, dass er der Ältere war, dass er der Mutigere und Stärkere war. Wie sich herausstellte, pflegte auf dem nahe gelegenen Gut ein Mann die Olivenbäume. Er habe unseren Streit gehört, er habe mich gehört, wie ich *Ich hasse dich* gesagt und von Milan verlangt hätte, bis nach oben zu klettern, er habe Milan gehört, wie er sich geweigert habe, weil die Rinde vom Regen feucht gewesen sei, er habe mich gehört, wie ich gesagt hätte: *Gut, dann klettere ich nach oben.* Kurz darauf habe er einen Schrei gehört und einen berstenden Knochen, ich schwöre, so sagte er.

Der Körper seines siebenjährigen Sohnes lag im Leichenschauhaus von Bar, als mein Vater sich über mein Bett beugte und seinen Körper wie eine Brücke über mich hielt, als mein Vater zu mir sagte: Weine nicht, wir lieben dich. Ich hörte seine Schritte, als er ging, das Schluchzen meiner Mutter und wie sich die Tür ihres Zimmers schloss, wie sie sich ein für alle Mal für mich schloss. Von diesem Moment an trennten uns nicht mehr der lange Flur und die beiden Türen. Zwischen uns lag der tote Milan, sein Blut, das aus dem kleinen, gebrochenen Schädel geronnen war, sein Blut, das vom Wasser aus dem überlaufenden türkischen Brunnen davongeschwemmt worden war. Von diesem Moment an trennte uns meine Schuld. Nie sagte mein Vater mir das. Er musste es auch nicht sagen – es reichte, dass er mich ansah, schlimmer noch: dass er mich küsste. Abend für Abend wartete ich auf eine Strafe, die nie kam. Stattdessen gab es den *Gutenachtkuss*. Erst heute weiß ich, wie grausam ich bestraft worden bin – dieser Kuss war die Strafe. Mir war *vergeben* worden, es war *beschlossen* worden, Milans Tod niemals in meiner Gegenwart zu erwähnen. Sie überließen mir die Sorge für meine Strafe. Wir sagen es nicht, hätten sie ebenso gut erklären können, wir sagen es nicht, aber wir wissen, dass du schuld bist, so wie auch du weißt, dass du schuld bist.

Jedes Mal, wenn mein Vater mich küsste, weinte ich hysterisch, spuckte in die Hand und versuchte, die Stelle, an der er mich geküsst hatte, abzuwischen, den Ort, an dem er den Abdruck seiner Lippen hinterlassen hatte, die vergebend sagten: Du bist schuld. Der Kuss war ein Mal auf meiner Haut, ein Mal, das mir Abend für Abend aufgedrückt wurde. Die uns Vergebenden sind unsere härtesten Richter. Ich vergrub die Zähne in der Decke, trommelte mit den Füßen gegen die Matratze und weinte ins Kissen. Stundenlang. Am Ende schlief ich in vollkommener Gleichgültigkeit ein, die ich durch Erschöpfung des kindlichen Körpers erreicht hatte. Am Ende kam die Müdigkeit und mit ihr die erlösende Stumpfheit der Sinne und des Verstands. Zuerst verlor sich mein Vater, jeglicher Gedanke an ihn. Dann verschwand die Tür, die erfolglos versucht hatte, mich vor seinem Kommen zu schützen. Dann gab es auch kein Zimmer mehr und kein Bett. Nichts mehr. Und niemanden mehr.

Die Lichter in seinem Haus gingen nicht an. Vielleicht kommt er direkt auf die Terrasse, bangte ich. Vielleicht würde ich nur das Quietschen seines Gartentors und den schnellen Schritt hören, mit dem er sich wütend auf dem Weg zu meinem Haus befand, willens, mir wieder einmal eine Standpauke zu halten.

Meine Mutter verfluchte den Tag, an dem sie mich geboren hat. Im Krankenhaus von Podgorica, wo sie vor meinen Augen dahinschwand, innerlich zerfressen vom Gebärmutterkrebs, wo sie sich buchstäblich entmaterialisierte, während die Leere ihrer Gebärmutter sich ausdehnte wie sich das Weltall ausdehnt, und sie ganz in dieser Leere dahinschwand, sagte sie auf dem Sterbebett, sie sterbe überglücklich, genau so sagte sie es, sie sterbe überglücklich, weil sie weder mich noch meinen Vater mehr würde sehen müssen, wenigstens werde sie *nicht existieren können* ohne uns, wenn sie schon *dazu verdammt gewesen sei, mit uns zu existieren*, genau so sagte es meine Mutter. Was mich überraschte, denn sie war der Philosophie stark abgeneigt. Nie hätte ich gedacht, dass ihre letzten Worte der Versuch einer philosophischen Rekapitulation des eigenen Lebens sein würden, das gerade zu Ende ging. Es wunderte mich, dabei gab es keinen Grund, sich zu wundern. Ist das Leid nur groß genug, dann ist jeder Mensch zu einer vergleichsweise korrekten philosophischen Einsicht fähig, wenigstens im Hinblick auf das eigene Leid. Tatsächlich: Leiden macht klug, genauso wie Glück den Menschen dümmer macht. Obwohl von meiner Mutter bei der Menge an Leid, die mein Vater und ich ihr haben zuteilwerden lassen, offen gesprochen eine noch ernstere, eine sozusagen noch gewichtigere Philosophie hätte erwartet werden können. Allerdings war ihre Schlussleistung auch nicht zu unterschätzen: Man kann im Denken kaum weiter kommen als bis zur Einsicht über die Tröstlichkeit des Todes, als bis zum Sterben in Freude.

Erst am Ende hat meine Mutter uns aufgegeben. Bis zu ihrem letzten Atemzug hat sie versucht, uns zu versöhnen, eine Möglichkeit zu finden, dass wir uns lieben. Sie hat uns ihr ganzes Sein gegeben. Unserem Hass hat sie ihr ganzes Ich geopfert. Und wir haben sie zerfressen. Von innen heraus, aus der Gebärmutter heraus, in die er, der Vater, eingedrungen und aus der ich, der Sohn, entflohen war. Aber wie ich auch floh, mein Vater hat sich in mir niedergelassen. Ich bin aus der Gebärmutter direkt in ein Leben geflohen, in dem der Vater uns von außen terrorisiert, aber was noch schlimmer ist: auch von innen, denn mit der Zeit erkennen wir ihn in uns wieder, zu unserem Schrecken begreifen wir, dass wir bereits in uns tragen, wovor wir uns am meisten fürchten: den Vater. Zeitlebens fliehen wir vor dem Vater und schaffen es letztlich nie, zu entfliehen. Wir entfliehen ihm nicht einmal dann, wenn er tot ist. Am Ende sterben wir selbst und hoffen, ihm durch den Tod zu entfliehen. Die Agonie des Lebens meiner Mutter war sogar noch größer, denn sie ist vor dem Vater und vor dem Sohn in den Tod geflohen, weil beide sie terrorisiert haben. Ich aber werde nicht so enden wie sie. Ich habe ihn von mir gejagt. Ich habe ihn in sein Haus vertrieben und ihn den Büchern und Bach überlassen, und der Depression. Es war die einzige Möglichkeit für mich, zu überleben: allein zu sein, ohne ihn.

Meine Mutter schien unermüdlich zu sein in den Friedensverhandlungen, mit denen sie, von meinem Vater zu mir und zurück gehend, zwischen uns vermittelte und versuchte, die Liebe zwischen Vater und Sohn zu wecken, wie sie sagte. Waffenstillstände wurden nur geschlossen, um am nächsten Tag wieder gebrochen zu werden, meistens ohne dass wir es wollten. Das Nichtertragen-Können war einfach zu stark, um von Mutters Aufopferung wie ein Damm aufgehalten, zu breit, um von ihr überbrückt werden zu können. Ich habe nur euch, sagte sie, und ich würde mein Leben dafür geben, euch glücklich und in Eintracht zu sehen. Erst am Ende, als sie in ihrem Krankenhausbett lag und ihr bewusst wurde, dass sie nie wieder aus diesem Bett aufstehen würde, begriff sie, dass ihr lebenslanges Aufopfern vergeblich gewesen war. Sie fühlte sich ausgespielt, betrogen, sie wollte sich an uns rächen. Da mein Vater ihr nicht zur Hand war, stürzte sie sich auf mich. Sie rief mich zu sich, in größter Konspiration, den Blick an die Tür geheftet, in panischer Angst, jemand könnte ins Zimmer platzen und ihren kleinen Plan verderben. Als ich den Kopf auf ihre Brust legte, um zu hören, was sie flüsterte, verlangte sie von mir, sie zu töten. Verkürze meine Qualen, lass nicht zu, dass ich noch länger leide, flüsterte sie. Zeitlebens bin ich gegen Sterbehilfe gewesen, aber jetzt wird mir klar, wie dumm ich gewesen bin, flüsterte sie, der Gnadentod ist das Einzige, was mir noch bleibt. Du bist mein Sohn, du musst es tun, für deine Mutter, sagte sie, meinen Kopf umfassend. Sei ein Mann, verlangte sie, ich habe dich nie um irgendetwas gebeten, bis jetzt. Sei ein Mann, wenigstens das eine Mal, sagte sie, sei gütig, wenigstens zur eigenen Mutter. Ich erklärte ihr wohlerwogen, nahezu sanft, wie ich fand, so wie man mit einem zurückgebliebenen Kind spricht, dass dies nicht infrage komme. Ich habe noch nie eine so große Verantwortung übernommen, das weißt du, ich habe es nie und ich werde es nie, sagte ich zu ihr. Du hast dein Leben lang Zeit gehabt, dich umzubringen und deine Qualen zu verkürzen, sagte ich. Seit zwei Jahren hast du Krebs, du hast gewusst, dass du in schrecklichen Qualen enden wirst, sagte ich zu ihr. Statt dich allein darum zu kümmern, hast du gewartet, bis der Schmerz unerträglich geworden ist, schrie ich jetzt schon, du hast einfach nur dagesessen und gewartet, und jetzt wälzt du alles auf mich ab, auf einmal soll ich über Leben und Tod entscheiden, schrie ich, ich, der ich jeglicher Verpflichtung aus dem Weg gehe, ich, der ich es ablehne, auf Menschenleben Einfluss zu nehmen, ich, der ich nur einen Ehrgeiz habe: nicht bemerkt zu werden, jetzt soll mein Leben zerstört werden, weil du nicht den Mut gehabt hast, deines zu verkürzen, du hast nicht den Mut gehabt, dein erbärmliches Leben zu verkürzen, stattdessen hast du beschlossen, meines noch erbärmlicher zu machen, brüllte ich.

Ich hörte auf zu reden, als ich in ihren Augen Tränen sah. Sie schluchzte laut. Ihr Weinen bohrte sich in mein Gehirn wie lange, heiße Nägel.

Wieder habe ich es geschafft, sie zu verletzen, im Angesicht ihres Todes, dachte ich. Selbst in ihrer schwächsten Stunde habe ich sie verletzt, ich habe sie verletzt, obwohl ich Mitleid mit ihr habe. Ich habe sie verletzt, sie mit giftigen Worten durchlöchert, obwohl ich ihr eigentlich etwas Sanftes und Tröstliches sagen wollte. Wie ein verwundetes, sterbendes Tier beschloss sie, ein letztes Mal zuzubeißen, daher sagte sie, sie verfluche den Tag, an dem sie mich geboren habe, was mich naturgemäß nicht traf, es hat mich nicht treffen können, weil auch ich den Tag verfluche, an dem sie mich geboren hat. Das sagte ich ihr auch, in der Überzeugung, Ehrlichkeit sei eine Tugend, in der Überzeugung, ein rechtschaffener Mensch lüge seine sterbende Mutter nicht an. Raus mit dir, schrie sie auf, lass mich wenigstens in Ruhe sterben, sagte sie heulend. Ihr Kreischen hatte die Ärzte herbeigerufen, die ohnehin den ganzen Tag über wie Aasfresser durch die Krankenhausgänge kreisten und auf die Todesschreie der Sterbenden hin angeflogen kamen. Mit einem Mal füllten Arztgeier und nach Tabak stinkende Krankenschwestern das Zimmer. Meine Mutter bat sie, mich aus dem Zimmer zu werfen. Sie hatten es kaum erwarten können, es war offenkundig, dass ich ihnen auf die Nerven ging, dass sie mich verachteten, und so saß ich bis zum Abend auf dem Gang, wo ich mir die Zeit damit vertrieb, das Geschehen in diesem Bordell zu beobachten, in dessen Zimmern, wo Menschen starben, Verzweiflung und Angst herrschten, und in dessen Gängen zur selben Zeit Begierde und Habsucht – in dessen Zimmern Menschen verendeten, während sich die Ärzte auf den Gängen bereicherten und die Krankenschwestern ihr eheliches Sexualleben erweiterten. Es war unerträglich, Zeuge all der Scheußlichkeiten zu werden, die da auf den Gängen vor sich gingen, Zeuge aller Bestechungen und begangenen Ehebrüche, von denen jeder zeugen kann, der ein Mal in einem Krankenhausgang gesessen hat. Es war unerträglich, darum erwartete ich von meiner Mutter ein letztes Opfer: dass sie so bald wie möglich sterben und mich von der Pflicht erlösen würde, auf diesem Gang, der jegliche Abscheu wert ist, auf die Nachricht von ihrem Tod zu warten. Auch dieses Mal ließ meine Mutter mich nicht im Stich. Sie starb noch vor dem Abend. Ich versuchte, das Zimmer zu betreten und sie auf die Stirn zu küssen, doch der Arzt sagte, sie habe mir vor ihrem Tod ausdrücklich untersagt, mich ihrem Körper zu nähern. Er darf mich auf keinen Fall berühren, habe sie gesagt, teilte er mir böse grinsend mit.

So hat sie es gesagt, obwohl ich als Einziger bei ihr gewesen bin, als sie starb, denn mein Vater hat sie während ihrer gesamten Krankheit nicht ein Mal besucht. Er saß da, von der Depression an den Sessel gefesselt, aus dem er nicht einmal aufstand, als ich meine Mutter begraben ließ, sodass am Tag ihrer Beerdigung nur zwei Arbeiter und ich am Grab standen. Ich hatte niemanden über den Tod meiner Mutter benachrichtigt. Ich hatte keine Trauerkarten drucken lassen und ließ natürlich auch nicht die ungeheuerliche Perversion zu, dass eine Todesanzeige in der Zeitung erschien. Ich begrub sie in Bar, wo wir niemanden kannten, so war ich mir sicher, dass bei der Beerdigung niemand auftauchen und alles verderben würde.

Die Arbeiter bezahlte ich großzügig. Was diese falsch verstanden – sie sahen es als ihre Pflicht an, so zu tun, als wären sie tief über ihren Tod betroffen. Und als wir meine Mutter begraben hatten, waren sie nicht vom Grab fortzubewegen. Sie standen da und bekreuzigten sich wie verrückt. Die arme Frau, sagte der eine, so einsam zu sterben, nicht einmal jemanden zu haben, der ans Grab kommt. Möge die schwarze Erde leicht auf ihr, der Gequälten, lasten, sagte der andere. Ich wünschte mir verzweifelt, allein zu sein, doch sie weigerten sich, zu gehen. Stattdessen kramten sie neue, immer dümmere Volksweisheiten hervor. Was eine komische Wirkung hatte, die überflüssig war, denn Beerdigungen sind an sich schon komisch, so wie jede Begebenheit komisch ist, bei der die Menschen meinen, sie müssten ernst und würdevoll sein. Das rief mir in Erinnerung, dass das Schönste, was man über einen Menschen sagen konnte, war, dass er eines Tages sterben und nicht mehr stören würde. Schließlich musste ich sie ein zweites Mal bezahlen. Erst dann willigten sie ein, zu gehen.

Auf dem Friedhof, umgeben von Toten, ist der Mensch an der Quelle der Erkenntnis. Auf dem Friedhof lernen wir auf den ersten Blick, was wir über das Leben wissen müssen: dass wir sterben werden. Ich setzte mich auf die Steinmauer am Grab meiner Mutter und zündete mir eine Zigarette an.

Der Wind wehte mir ein paar Schneeflocken ins Gesicht. Ich blickte mich um – ich war allein auf dem Friedhof, der sich zu allen vier Himmelsrichtungen hin erstreckte. Die Spaliere aus Steinkreuzen reichten bis zum Horizont, an dem sich bedrohliche schwarze Wolken auftürmten. Der Krieg ist der Vater aller Dinge, dachte ich. Das Heer der Toten gegen das himmlische Heer. Im Tal donnerte es. Der Friedhof und ich begleiteten diese Soundeffekte der Natur mit gleichgültigem Schweigen. Wohin ich blickte, sah ich Grabkreuze, aufrecht und würdevoll, im Tod für Menschenleben stehend, die in Erniedrigung und Unterwerfung verstrichen waren.

Um mich herum erstreckte sich, so weit das Auge reichte, die Zukunft.

II

Ich muss das Haus so schnell wie möglich verlassen, dachte ich. Auf keinen Fall gehe ich ins Schlafzimmer, das bleibt zu. Weil darin mein Kleiderschrank steht, ist die Auswahl an Outfits für heute Abend begrenzt, dachte ich. Anziehen, irgendetwas, warum nicht den weißen Leinenanzug im Flur. Darin würde ich zwar wie ein Zuhälter aussehen, aber für einen Schriftsteller war das ein völlig angemessenes Image. Womit sonst beschäftigt sich ein Schriftsteller als mit dem Verkauf des eigenen Lebens an begierige Leser? Ob er will oder nicht, der Mensch schreibt immer von sich selbst, so wie er sich, egal, was er tut, immer nur mit sich selbst beschäftigt. Schreiben bedeutet daher: sich verkaufen, was eine vollkommene, sich selbst genügende Form der

Prostitution ist, die den Zuhälter und die Hure in sich vereint, das Marketing und das fertige Produkt.

Der Mann im weißen Anzug, der am Haus meines Vaters vorbeiging, das war ich. Ich glaubte, Bach darin spielen zu hören, aber ich war mir nicht sicher, denn der Ostwind rüttelte an den Olivenbaumkronen, ihr Rauschen vermischte sich mit dem allgegenwärtigen Zirpen der Zikaden – die *Wall of Sound* eines Sommerabends. Dort unten auf der Straße, das war ich, im Licht der Straßenlaterne, die sogar funktionierte. Jetzt saß ich im Wagen, der Motor meines Geländewagens brummte, während ich im Fach neben dem Lenkrad in den CDs wühlte, auf der Suche nach Sonic Youth und dem Lied *Song for Karen*.

Onkels Anhöhe brannte noch, die Feuerwehrleute waren in Aktion. Sie hatten ihren lächerlichen roten Wagen mitten auf der Straße abgestellt, sodass ich gezwungen war, mich zwischen dem Feuerwehrauto und dem ebenso vorschriftswidrig geparkten Polizeiwagen hindurchzuzwängen, mit dem die Fußpolizisten angerückt waren, um in dem vom Brand betroffenen Viertel Ordnung zu schaffen, wobei sie wie immer nur noch mehr Chaos verursachten. Auch die Nachbarn waren natürlich hier, mit ihren ausgemergelten Kühen, die an Unterernährung krepierten, mit gleichermaßen ausgemergelten und dazu räudigen Hunden und letztlich mit ihren unterernährten, schmutzigen und überdies dummen Kindern, aus deren Augen Primitivität und Verdorbenheit blitzten – die gefährlichste aller verheerenden

Kombinationen menschlicher Eigenschaften. Sie alle liefen auf der Straße herum, und alle – ob Mensch, Kuh, Hund oder Menschenjunges – brachten ihre Angst vor dem Feuer, das immer höher loderte, je angestrengter die Feuerwehrleute es versuchten zu löschen, gleichermaßen unartikuliert zum Ausdruck. Sie alle schlugen die Hände über dem Kopf zusammen, muhten, wedelten mit dem Schwanz, bellten und lamentierten. Alles, was lebt, wird unerträglich widerlich, sobald es um sein Leben fürchtet. Und wie einer Regel folgend, fürchten sich die am meisten, die am wenigsten taugen. Es gibt kein erbärmliches menschliches Wesen, das aus seinem Sterben kein Drama macht, wenn es erfährt, dass es beispielsweise unheilbar krank ist. Alle werden augenblicklich über sein Unglück in Kenntnis gesetzt, noch dazu wird Mitleid von ihnen erwartet. Ich sah bereits die Verwandten anrücken, um *in der Not beizustehen*, wie man so sagt. Diese Menschen, die momentan nur dachten, was für ein Glück es sei, dass nicht ihre Häuser brannten, schüttelten scheinbar besorgt den Kopf und trösteten die Notleidenden, die momentan nur dachten, was für ein Unglück es sei, dass sich der Wald ausgerechnet neben ihrem Haus entzündet hatte.

Ich war es, der dieses traurige Schlachtfeld menschlicher Würde eilig verließ. *Tunic (Song for Karen)* – ein herrliches weißes Rauschen über den Tod – dröhnte aus dem Wagen, mit dem ich in die Stadt hinunterfuhr. Ich war es, der dachte: Die Brandstifter sind heute Abend fleißig gewesen. Entlang der Straße brannten Müllcontainer, wie Fackeln an einer Höhlenwand beleuchteten sie die Straße, die hinunter ins Zentrum der zügellosen touristischen Scheußlichkeit führte. Ich kam nicht weit. Vor der Moschee hatte sich *das Volk* versammelt. Dazu gezwungen, das Auto zu parken und zu Fuß weiterzugehen, war ich es, der sich durch die Menge schob und dachte: Wenn sich so viele Leute versammelt haben, muss irgendjemand verunglückt sein. Vielleicht ist der Hodscha vom Minarett gefallen?, fragte ich mich. Vielleicht hat ihn jemand abgeschossen, jemand, der nach einem anstrengenden, stressigen Tag versucht hat, genau dann einzuschlafen, als der Hodscha lauthals begonnen hat, die Menschen zum Gebet zu rufen. Vielleicht hat er einen gereizten Menschen aus dem Schlaf geweckt, jemanden, der auch schon ohne das gottesfürchtige Heulen des Hodschas am Rande seiner Nerven gewesen ist, eine wandelnde Zeitbombe. Vielleicht ist es genau so gewesen, vielleicht hat der Hodscha statt der Gläubigen eine Kugel herbeigerufen, dachte ich. Transzendenz kann irritieren, insbesondere, wenn sie unerwünscht kommt. Aber so war es nicht. Niemand hatte den Hodscha getötet. Stattdessen hatte ein Sohn seinen Vater getötet und noch dazu den Tod seiner Mutter und seines Bruders verschuldet.

Was man alles hört, wenn man sich unter das Volk mischt. Von Neugier getrieben, trat ich zwischen die vor der Moschee versammelte Herde. Die Leute tuschelten von einem schrecklichen, wie sie sagten, nie da gewesenen Verbrechen. Ein nie da gewesenes Verbrechen, das ist neu, dachte ich. Dabei könnte man mit Fug und Recht behaupten, dass es kaum möglich ist, der umfangreichen Geschichte des Verbrechens ein neues, ungeschriebenes Kapitel hinzuzufügen. Zur Geschichte des Verbrechens ist tatsächlich alles schon geschrieben worden, dachte ich. Tatsächlich ist alles, was passiert, die ewige Wiederholung ein und desselben: des Verbrechens.

Stell dir vor, ein Sohn, der seinen Vater tötet, wiederholten die Leute verwundert. Diesen guten Ulcinjer Menschen war nicht bekannt, dass Vatermord der Stahl im Fundament dieser Welt ist. Mal ist er symbolisch, mal aber wird, besonders bei Menschen mit bescheidenem Geist, auch zum buchstäblichen Vatermord gegriffen. Unglaublich, sagten die Leute, eine so friedliche Familie, wer hätte das gedacht ... Mir schossen die Verbrechensberichte unserer Tageszeitung durch den Kopf, die alle mit dem Satz endeten: Die Nachbarn sind fassungslos, sie sagen, Mörder und Opfer hätten gewirkt wie eine harmonische Familie, nichts habe die Tragödie erahnen lassen. Wenn sie gefragt werden, sind die Leute immer verwundert, wenn ein Verbrechen geschieht, selbst bei einem so alltäglichen wie dem Vatermord, den jeder erwachsene Mann bereits in seiner Jugend begangen hat, während diejenigen, die sich aus der tödlichen Umarmung des Vaters nicht befreit haben, ihn später begehen. Es gibt keine Familie, in der nicht der schrecklichste Mord passieren kann. Ihr Leben lang zerstören Eltern ihre Kinder, die ihnen nichts schuldig bleiben und erst von der Rache ablassen, wenn sie ihre

Eltern ins Grab geschickt haben. Jedes Familienhaus kann zu einem Schlachthaus werden, es bedarf nur einer Kleinigkeit, oft nur eines Wortes, um alles Quälen und Hassen, das die Familie wie in einem alten Erinnerungskästchen im Schein von Harmonie und Liebe aufbewahrt, in einem Blutbad enden zu lassen.

Dennoch war der Mord, obwohl die Variation eines wohlbekannten Themas, ein Evergreen-Verbrechen sozusagen, nicht uninteressant. Der Vater sei ein wunderbarer Mensch gewesen, genau das sagten sie. Ein zurückgezogener, religiöser Mann, sagten sie, der sich um seine eigenen Angelegenheiten gekümmert habe. Er hat niemandem je etwas Böses getan, sagte einer aus der Menge, und hat nun so enden müssen. Die anderen pflichteten ihm bei. Ich hoffte, sie würden bald mit der Ehrung des Toten aufhören und zu den blutigen Details übergehen, die Morde für uns so interessant machen.

Der Sohn war schon immer ein Tunichtgut, sagten sie. Von Kindheit an sei klar gewesen, dass er ein Scheusal werden würde. Aber sein Vater, dieser wunderbare Mensch, habe ihm ewig vergeben. Unterschätzt nicht die Macht der Vergebung, habe er zu seinen Freunden gesagt, die an die Macht der Strafe glaubten. Er hat die Vergebung dem Prügeln vorgezogen, das ist ihm zum Verhängnis geworden, erinnere ich mich gedacht zu haben. Der Junge war ein Dieb gewesen. Er stahl alles, was er aus den Nachbarsgärten mitnehmen konnte, alles, was er sich auf dem Markt einstecken konnte, außerdem Großmutters Schmuck, Großvaters alte Pistolen und das Fahrrad seines Cousins. Er stahl selbst dann, wenn er wusste, dass er ertappt und bestraft werden würde. Seine Mutter sei vor Scham gestorben, sagte man. Auf ihrer Beerdigung wurde er dabei erwischt, wie er die Trauernden bestahl.

Mit der Zeit sahen die Leute aus dem Viertel in ihm den Schuldigen für jegliche Gaunerei, die passierte. Nicht zu Unrecht: Meistens hatten sie recht. Manchmal beschuldigten sie ihn auch für etwas, was er nicht getan hatte, um ihm zu zeigen, wie sich das Unrecht anfühlt, um ihm klarzumachen, dass niemand über das Unrecht herrscht – wer anderen Unrecht tut, dem wird selbst Unrecht zuteil. Immer wieder hämmerte irgendjemand gegen ihr Eingangstor und unterbrach die Mittagsruhe des Vaters. Aus dem Schlaf gerissen, in gestreiftem Pyjama und mit Netzhaube – ohne die er sich nicht einmal als Kranker zu Bett legen würde, wie er sagte – empfing der Vater den Besucher, der ihn mit einem Schwall von Beleidigungen übergoss. Beruhige dich, lieber Nachbar, wir finden für alles eine Lösung, sagte der Vater jedes Mal. Während er den Gast ins Haus geleitete, blickte er nach oben zum Fenster und sah dort den Sohn durch die Gardine in den Hof hinunterspähen. Wenn ihre Blicke sich trafen, lächelte der Vater und gab dem Sohn zu verstehen, dass er ihm vergab und sich um alles kümmern würde. Daraufhin rannte der Junge in den Flur, von wo aus er wieder und wieder mit anhörte, wie sein Vater Beleidigungen über sich ergehen ließ, wie er seine Ungezogenheiten rechtfertigte, die sich über die Jahre zu wahren Schandtaten entwickelten. Die Zeit verstrich, und seine Flegeleien wurden immer gefährlicher. Als er zwanzig war, schrie der alte Karić seinen Vater in der Küche an, so wie er ihn auch zehn Jahre zuvor schon angeschrien hatte. Damals hatte er einen Apfelbaum ruiniert, als er hinaufgeklettert war, um Früchte zu stehlen. Dieses Mal hatte er seiner Tochter ein Kind gemacht. Er wusste: Damals hatte sein Vater die Sache geregelt, und auch jetzt würde er sie regeln. Damals kam sein Vater, nachdem er Karić hinausbegleitet hatte, in sein Zimmer und hielt ihm einen langweiligen Vortrag, von dem er glaubte, er wäre ergreifend und rührend. Er erzählte ihm von der Macht der Liebe und der Vergebung und rief ihn auf, die Verantwortung wahrzunehmen, die wir gegenüber unseren Mitmenschen haben. Nach seiner vergeblichen und demnach tragischen Rede küsste er den Sohn auf beide Wangen und ging in die Moschee, gebeugt vor Trauer, als trüge er sie auf seinem Rücken. Genauso wird es auch jetzt kommen, dachte der Sohn sicherlich, als der alte Karić nun in ihr Haus stürmte und verlangte, dass er seine Tochter heiratete.

Dies alles war aus dem Wirrwarr der Anekdoten über den Sohn, der seinen Vater umgebracht hatte, herauszuhören, die sich die Leute, während sie auf die Moscheewand mit der grünen Todesanzeige zugingen, teils ins Gedächtnis zurückriefen, teils ausdachten. Der Sohn hat dem Vater versprochen, das Mädchen zu heiraten, sagten die Leute. Doch wieder hatte er gelogen: Einen Tag vor der Hochzeit setzte er sich nach Amerika ab. Der Vater machte ihn in New York ausfindig, wo er im Restaurant eines Landsmanns arbeitete. Er sagte ihm, er müsse zurückkehren, das Mädchen sei schwanger, und die Geburt stehe kurz bevor. Sie habe nicht abgetrieben, eine solche Sünde habe er nicht zulassen können. Sie habe das Kind behalten, weil er Karić versprochen habe, sein Sohn würde zurückkehren und sie heiraten, wie er es zugesagt habe. Der Sohn legte den Hörer auf und zog ans andere Ende von Amerika. Auf seiner Flucht vor der Vergangenheit gelangte er sogar bis nach Los Angeles, um dort von der Nachricht erreicht zu werden, dass das Mädchen einen Sohn zur Welt gebracht und nach der Entlassung aus dem Krankenhaus das Baby und sich in der Bojana ertränkt habe. Noch in derselben Nacht tötete der alte Karić, um mit Blut die Schande von seiner Familie zu waschen, auf der Pristan-Promenade den Bruder seines verhinderten Schwiegersohns, ein zehnjähriges Kind. Während der Vater den blutüberströmten Körper seines jüngeren Sohns im Arm hielt, ging Karić auf ihn zu und bespuckte ihn. Hättest du deinen schlechten Sohn rechtzeitig getötet, wäre der gute jetzt noch am Leben, sagte Karić und fiel mit Tränen in den Augen vor dem toten Jungen auf die Knie. Er heulte, küsste die Hand des Jungen und wiederholte, wie eine kaputte Schallplatte, den traurigen Refrain: Vergib mir.

Das ist alles wegen dir, du bist an allem schuld, sagte Karić zum Vater, als sie ihn in Handschellen in den Polizeiwagen schoben.

Was ich alles verpasse, was für zauberhafte Geschichten, alles nur, weil ich mich aus Prinzip weigere, unter die Leute zu gehen, dachte ich. Die Leute sagten noch, dass der Sohn bereits ins Gefängnis gebracht worden sei, nach Spuž. Der Inspektor, der ihn verhört habe, so erzählten sie, sitze seit Stunden im Büro, trinke und rede mit niemandem ein Wort. Doch die Ordnungshüter hätten im Gasthaus vor dem Polizeigebäude schon ausgeplaudert, was der Sohn beim Verhör gesagt habe, die ganze Stadt wisse schon Bescheid. Ich habe ihn getötet, weil er mir vergeben hat, habe der Sohn gesagt.

Als er gehört habe, dass sein Bruder wegen seines Vergehens umgebracht worden sei, habe er beschlossen, zurückzukehren und die Strafe anzutreten, die er, wie er sagte, längst verdient habe. Ich habe meinen Bruder mehr geliebt als mich selbst, genau das habe er gesagt, behaupteten die Leute. So sehr ich mich zeitlebens gehasst habe, so sehr habe ich meinen Bruder geliebt, habe er gesagt, erzählten die Leute, den offenkundigen Widerspruch dieser Aussage außer Acht lassend. Wie auch immer, der Sohn war zurückgekehrt und hatte sich vor den Vater gestellt. Bring mich endlich um, hatte er gesagt. Doch der Vater hatte ihn in den Arm genommen und war in Tränen ausgebrochen. Mein Sohn, hatte er gesagt, jetzt bist nur noch du mir geblieben. Versprich mir, schwöre mir am Grab deines Bruders, dass du mich nie wieder verlässt, hatte der Vater ihn beschworen.

Zwölf Küchenmesserstiche zählten die Polizisten am Körper des Vaters, nachdem der Sohn sie gerufen und gesagt hatte: Ich habe meinen Vater umgebracht. Er empfing sie im Flur, in seiner blutigen Hand noch das Messer haltend. Beim Verhör gestand er alles. Ich habe nur eine Bedingung, sagte er: Ich will die Todesstrafe.

Er sei nur nach Ulcinj zurückgekehrt, um bestraft zu werden, erzählte er. Er sei zurückgekehrt, weil er gedacht habe, der Vater würde ihn nach all dem Übel, das er verursacht habe, umbringen. Hätte er den Mut dazu gehabt, hätte er sich selbst gerichtet, erzählte er. Aber er sei schon immer ein Feigling gewesen. Er sei gekommen, um sich die Strafe abzuholen, die er sich so verzweifelt gewünscht habe. Stattdessen habe er Vergebung bekommen, die er nicht länger habe ertragen können. Darum habe er seinen Vater umgebracht – er habe gehofft, dass der Staat sich ungnädig zeigen und ihn endlich jemand töten würde. Er gebe alles zu, aber er verlange die Todesstrafe, sagte er. Zeitlebens wünsche ich mir nur, bestraft zu werden, sagte er, jede weitere Tat habe ich nur begangen, weil ich für die vorige nicht bestraft worden bin. Mein Vater hat mir alles vergeben und mir damit das Leben zur Hölle gemacht, weinte der Sohn vor den verwirrten Polizisten. Sie haben ja keine Ahnung, wie schwer es ist, ohne Strafe zu leben, wie schrecklich die Welt ist, wenn am Horizont nur Vergebung zu sehen ist, habe der Sohn gesagt, behaupteten die Leute, für den ich, nach allem was ich erfahren hatte, tiefste Sympathie empfand.

Während ich darüber nachdachte, wie unsere Eltern uns fortwährend und egal, was sie tun, allein durch ihre

Existenz zerstören, wie auch wir sie allein durch unsere Existenz zerstören, betrat ich eines der zahllosen Ulcinjer Lokale und bestellte am Tresen einen doppelten Whisky. Noch bevor ich ihn in Ruhe austrinken konnte, kam Đuro, genannt der Dreckige, auf mich zu und bot mir Sex mit einer seiner Töchter an, *für nur 15 oral, für 25 richtig*. Zwischenmenschliche Beziehungen sind ein Albtraum, aus dem wir nie erwachen, sagte ich zu mir.

Đuro war als Flüchtling in die Stadt gekommen, zu Beginn des Krieges in Kroatien. Er hatte behauptet, verschiedene Geräte reparieren zu können, und seine Dienste für wenig Geld angeboten. Die Leute sind geizig, daher glaubten sie ihm.

Es dauerte mehrere Jahre, bis allen klar geworden war, dass Đuro bei niemandem je irgendetwas repariert hatte. Wie ein schlechtes Omen betrat er auf Einladung eines sparwilligen Hausherrn das Haus. Man bat ihn, den Kühlschrank zu reparieren. Und Đuro baute den Motor des Geräts aus, um dann auch die Reparatur vollkommen funktionsfähiger Herde, Boiler, Bügeleisen und Staubsauger anzubieten. Von jedem Gerät schraubte er ein Teil ab und versprach, am nächsten Tag wiederzukommen, um alles, was er auseinandergenommen hatte, wieder zusammen- und die Ersatzteile einzubauen. Wenn er ein Haus verließ, funktionierte kein einziges Gerät mehr darin. Diesen ganzen Schaden verursachte er für nur halb so viel von dem, was andere Handwerker allein für die Reparatur des Kühlschranks verlangten.

Er wurde täglich verprügelt. Auf der Straße stieß er auf einen der geizigen Dummköpfe, bei dem er gewütet hatte und nie wieder aufgetaucht war, um die Arbeit zu Ende zu führen, denn die abmontierten Teile hatte er inzwischen verkauft. Dieser prügelte ihm die Seele aus dem Leib, und kaum hatte sich Đuro erhoben und den Staub von sich abgeklopft, fiel er blutüberströmt erneut zu Boden – durch den Schlag eines der wütenden Handwerker, deren Preise er kaputt machte und deren Kunden er abwarb. Schließlich bekam Đuro keine Aufträge mehr, inzwischen aber waren seine Töchter groß geworden, und er begriff, dass sich mit ihren rund und kurvig gewordenen Körpern Geld verdienen ließ.

Sie nannten ihn den Dreckigen, weil seine Kleidung vor Schmutz so dunkel war wie das Gewand eines orthodoxen Priesters. Und weil er der Zuhälter seiner Töchter war. Egal, was man von ihm hielt, eines musste man ihm lassen: Er hatte einen ausgeprägten Geschäftssinn. Er fing mit zwei Töchtern an. Die ältere, Tanja, war sechzehn, und wurde von ihrem Vater als *vollbusige Blondine, die schluckt* angepriesen. Die jüngere, Zorana, hatte den ersten Kunden an ihrem vierzehnten Geburtstag und wurde als *schmale, kleinbusige Brünette* gehandelt. Später trat auch die dritte Tochter, Mirjana, zur Arbeit an, sie wurde als *süße Analfantasie* angeboten.

Đuro hielt sich auch in der Prostitution an seine Niedrigpreispolitik. Er fuhr einen rostigen roten Moskwitsch mit dem Slogan: *Đuro, der Dreckige & Töchter: Sex für jeden Geldbeutel*. Mit dieser Blechkiste parkten wir eine halbe Stunde später vor Đuros Wohnung. Ich war eine leichte Beute, was dieser alte, verdorbene Kerl sofort gespürt hatte. Noch zwei Whisky und du hättest sogar mich gevögelt, ganz zu schweigen von Schönheiten, wie meine Töchter es sind, sagte er zu mir.

Sie wohnten in einem Keller, der zu einer Zweiraumwohnung umfunktioniert worden war, von dort aus gelangte man durch einen schmalen Flur zum gewerblichen Bereich – einem Puff aus drei Zimmern. Đuros Frau öffnete die Tür, eine zahnlose Alte, deren Brüste vom Stillen des Kinderrudels, das wie ein Wurf Welpen durch das Haus tollte, schlaff herunterhingen. In ihrem Gesicht las ich Erschöpfung und den Wunsch nach einem möglichst baldigen Tod: Was bleibt einer Mutter von – drei, vier, fünf, da das sechste und das siebte – Kindern anderes übrig? Wer das Leben derart mehrt, muss dessen Wertlosigkeit doch auf jeden Fall spüren, selbst wenn er sie nicht versteht. Kinder sind wie Geld – je mehr man davon druckt, je mehr man von ihnen zur Welt bringt, desto weniger sind sie wert.

Die Hyperinflation an Kindern erschwerte die Navigation durch Đuros Wohnung. Sobald sie mich sahen, kamen die Kinder auf mich zugerannt. Das größte, und damit das gefährlichste, krallte sich, die Hände mit Haselnusscreme verschmiert, an meine Hose. Ein anderes warf sich vor mir auf den Boden und heulte, einer Forderung Ausdruck verleihend, die ich nicht verstand und die mich, naturgemäß, auch nicht betraf. Ein drittes, das Kleinste, biss in meinen Schuh. Beachte ihn nicht, er zahnt, sagte Đuro zu mir. Komm mit, ich bringe dich zu Tanja, sagte er weiter. Vorsichtig, um seine Milchzähne nicht zu beschädigen, schüttelte ich das Menschenjunge von meinem Schuh ab und folgte Đuro.

Hier, für jede habe ich ein Zimmer hergerichtet, sagte er. Es war ihm wichtig, mir begreiflich zu machen, dass er ein fürsorglicher Vater war. Er sagte, die Mädchen seien schon groß, daher sei Privatsphäre für sie wichtig. Außerdem, fügte er hinzu, müsse er an Platz nicht sparen, denn er habe mit den Leuten im Haus einen guten Deal gemacht: Er dürfe den gesamten Keller übernehmen und im Gegenzug biete seine Familie den Hausbewohnern kostenlosen Sex, genau das sagte er. Alles ältere Menschen, mehr als einmal im Monat verlangen die nicht, vertraute er mir an. Und stell dir vor, manche von denen wollen sogar meine Frau, flüsterte er mir zu. Neben Schönheiten, wie meine Töchter es sind, kicherte er, wollen diese alten Säcke meine Frau, das Walross, zischte er.

Wir betraten Tanjas Zimmer. Sie lag auf dem Bett, in schwarzer Unterwäsche. Die Nähte der Unterhose waren, wie ich bemerkte, an den Rändern aufgetrennt. Sie schürzte ihre großen fleischigen, schlecht geschminkten Lippen, wahrscheinlich, um sinnlicher zu wirken. Der Büstenhalter, der ihre riesigen Brüste hielt, war mit Sperma verschmiert. Ich reichte Đuro das Geld und schob ihn aus dem Zimmer.

Ich habe schon oft ein Auge auf dich geworfen, aber ich bin nicht auf dich zugegangen, weil ich gedacht habe: Ein erfahrener Kerl wie der kann jede Frau haben, warum sollte er für mich bezahlen, sagte Tanja. Sehr schmeichelhaft, murmelte ich und versuchte, mir das Zimmer anzusehen. Doch sie hatte noch mehr zu sagen. Du wärst überrascht, wenn du wüsstest, wie viele schöne und wohlhabende Männer zu mir kommen, sagte sie. Ich bin nicht überrascht, glaub mir, sagte ich. Sie sah mir in die Augen und säuselte: Am meisten stehe ich auf kluge Männer wie dich.

Dem Hang zum Intellektuellen begegnen wir an den unerwartetsten Orten, dachte ich. Das liegt daran, dass jeder das Warum begreifen will: der Physiker im Zürcher Labor, der Kunsthistoriker in der Vatikanischen Bibliothek und die Hure in Ulcinj. Sie alle sind gleich weit von der Antwort entfernt und ihr deshalb auch gleich nah: Ob man die Antworten in Atomen sucht, in Büchern oder in stinkenden, provinziellen Phalli – es ist gleichermaßen zweckdienlich und legitim. Daher hat, oder hat nicht, jeder Mensch das gleiche Recht auf intellektuelle Eitelkeit, daher ist jeder über die Existenz nachsinnende Mensch gleichermaßen komisch.

Ich wurde mit einer Unterbrechung des Gesprächs gesegnet, da Tanja sich ihrem Waschritual widmete. Über das Waschbecken gebeugt, seifte sie die Buchten unter ihren Achseln und danach den Fjord zwischen ihren Beinen ein. Dabei sang sie die heitere Melodie irgendeines Turbofolk-Hits vor sich hin. Endlich hatte ich Zeit, ihr Zimmer zu begutachten.

Auf dem Soldatenbett, an die Metallstäbe gelehnt, lag ein Teddy. Sein Blick fiel auf ein rosafarbenes, herzförmiges Kissen. Unter dem Bett: ein aufgeschlagenes Buch, irgendetwas von Virginia Woolf. Wahrscheinlich *Ein Zimmer für sich allein*, dachte ich. Tanja ist bemüht, einer möglichst breiten Zielgruppe gerecht zu werden, sagte ich mir. Das Soldatenbett ist für Sadisten. Der Teddy und das rosafarbene Kissen für Pädophile. Das Buch für Intellektuelle wie mich, wobei es auch zum Schlagen von Masochisten gut verwendet werden kann. Duros Familie überließ nichts dem Zufall – es war ein richtiges kleines, gut organisiertes, sorgfältig konzipiertes Familienunternehmen.

Das dachte ich, und dann sah ich *das Foto*. An der Wand über Tanjas Bett: Sie und ihr Vater Arm in Arm und lächelnd. Sie stehen auf einer Terrasse oberhalb des Kleinen Strands. Hinter ihnen das offene Meer und ein heiterer Frühlingstag: die Luft klar und glitzernd und die Natur in ein Blau getaucht, wie wir es sonst nur noch aus WC-Reiniger-Werbung kennen.

Duro hat den Arm um den Hals seiner Tochter gelegt. Er lacht und küsst sie aufs Haar. Sie hat den Arm um seine Hüfte geschlungen. Ihr Blick ist nach oben, zum Vater gerichtet, der sich zu ihr herunterbeugt. Aus ihren Augen strahlen Verehrung und Liebe – genau so blicken die Mädchen auf den Leinwänden alter Meister gen Himmel, auf der Suche nach Gott oder zumindest einem Heiligen. Sie liebt ihren Vater, dachte ich. Zehn Minuten vor Aufnahme dieses Fotos hatte sie mit einem Mann geschlafen, dem sie von ebendiesem Vater verkauft worden war. Direkt nach dem Fotografieren, so konnte man sich vorstellen, hatte ihr Vater sie einem neuen, wuchtigen Körper zugeführt. Der Vater hatte eine Hure aus ihr gemacht und ihr jegliche Möglichkeit genommen, je etwas anderes zu werden, wenigstens in einer so kleinen Stadt, in der jeder jeden kennt und nie etwas in Vergessenheit gerät. Sie war zu einem ewigen Dasein als billige Hure verdammt, dank ihres eigenen Vaters. Bis zu ihrem Tod würde sie sich alten Männern und pickligen Teenagern hingeben, denn das war ihre einzige Zukunft: immer schlimmere Kunden, immer niedrigere Preise. Dann ein Tod in Verachtung und Einsamkeit, wenn sie nicht vorher an AIDS erkrankt oder irgendein Psychopath ihr die Kehle durchschneidet oder sie mit dem Kissen erstickt. Alles nur wegen des Vaters. Und dennoch schaut sie ihn mit einer Liebe an, die nicht gespielt sein kann.

Eilig verließ ich das Zimmer. Als ich durch die Küche hastete, sprang mir Đuro in den Weg. Darf ich vorstellen, sagte er, das ist Petar, mein mysteriöser Sohn. Bestimmt fragst du dich, warum mysteriös?, sagte er, dabei fragte ich mich nur noch, wie ich aus dem Keller möglichst schnell herauskam. Ich atmete schwer, denn mit einem Mal war ich mir des klaustrophobischen Charakters des Raumes, der mich umgab, bewusst geworden, und dieses Gefühl hatte sich mit der in mir aufsteigenden Wut vermischt. Mysteriös, weil niemand weiß, von wem er ist, lachte Đuro, der Dreckige laut. Sieh dir den Esel an, sechzehn Jahre, ein hübscher Junge, aber keine Ähnlichkeit mit seinem Vater. Oder soll ich sagen: mit seinem *angeblichen* Vater, knurrte Đuro und spuckte dabei aus. Daraufhin packte er den Jungen am Ohr und sagte: Von wem er ist, das muss man meine Frau fragen. Ich weiß nur eins: Von mir ist er nicht. Also entweder ist meine Frau eine Hure, genau das sagte er, oder Gott hat ihn mir geschickt, um mich zu prüfen, wie Pfarrer Bogdan meint. Ich glaube nicht an Gott, aber ich fürchte ihn. Also habe ich mir gesagt: Wenn es ein Test ist, ertrage ich den Kleinen lieber, bis er groß ist, ein Mund mehr oder weniger macht auch keinen Unterschied mehr. Sieh ihn dir an, schrie er und packte dem Jungen zwischen die Beine, wie groß der Kerl geworden ist. Ich habe meine Pflicht gegenüber Gott erfüllt: Wenn es sein Sohn ist, bin ich ihm ein guter Vater gewesen, vernahm ich den Schluss von Đuros theologischem Dilemma, auf der Flucht aus dem Keller, in dem eine glückliche Familie in Liebe und Eintracht zusammenlebte.

Eilig schlug ich mich durch in Richtung Auto, ich hielt es keinen Augenblick länger zwischen den Körpermassen aus, die sich wie ein Fluss zur Promenade und den wie vor Ameisen wimmelnden Lokalen schoben, aus denen Turbofolk und der animalische Geruch nach paarungswilligen Menschen drangen. Verzweifelt kämpfte ich gegen die Strömung des Styx an, welche mich in die Menschenmasse zurückzog. Ich verliere mich in der Menschenmenge wie ein Ertrinkender im Wasser, dachte ich. In der Menschheit ertrinken – ein schauerliches Ende! Irgendwie konnte ich mich auf den Gehweg retten, ganz außer Atem lehnte ich mich an einen Mast, um, endlich in Sicherheit, Luft zu holen. Da hörte ich jemanden rufen: He, alter Freund!, und spürte eine schwere Hand auf meiner Schulter. Ich starrte auf die Finger, deren Haut so rau war wie die Rinde eines hundertjährigen Baumes, dick und knotig wie Räucherwurststangen. Jeder einzelne Finger wirkte stark genug, um das Leben aus mir herauszupressen, doch sie flößten mir keine Angst ein, ich hatte keine Angst vor dem Besitzer derart kräftiger und zugleich lächerlicher Finger. Alles ist gleichermaßen lächerlich, auch das, was uns tötet. Das wird uns klar, sobald wir die Angst überwinden, die wir angesichts dessen, was uns zu zerstören droht, empfinden. Ich lachte, den Blick an den Dreck unter den Riesennägeln geheftet. Denn ich war amüsiert von dem Gedanken, dass jeder mich töten konnte, auch jemand, der keinen Nagelknipser benutzt, jemand, der so primitiv ist, dass er seine Fingernägel nicht säubert.

Kumpel, bist du das wirklich?, fragte der nun vor mir stehende Riese. Ich musterte ihn von Kopf bis Fuß, wie man so sagt. Ich sah einen Zwei-Meter-Mann, hundertfünfzig Kilo schwer, zugewachsen mit zementbestäubten Haaren – also ein Bauarbeiter, dachte ich, dazu blutunterlaufene Augen und ein gelbes Gesicht – also ein Alkoholiker mit zerstörter Leber. Die billige, abgetragene Jeans, in die er gekleidet war, und die abgelaufenen Soldatenstiefel, in denen er vor mir zu steppen schien, bestätigten nur noch das traurige Bild dieser Gestalt, das ich mir bereits beim ersten Anblick gemacht hatte.

Offenbar kannte mich der Koloss. Als wäre dies nicht schon kompromittierend genug für mich, erwartete er auch noch von mir, ihn zu kennen. Ich bin's, mein Freund, rief er so laut, dass sich sämtliche Passanten nach uns umdrehten und uns musterten, sodass jeder, wie bei einem Gewinnspiel, die Gelegenheit bekam, zum hämischen Zeugen meiner Erniedrigung zu werden. Ich bin's, Uroš, sagte er.

Uroš war ein Unglücksrabe, der mit mir zur Schule gegangen war, bis die von Žarko Primorac wie Straßenhunde aufgehetzte Bande von Kindern ihm in der achten Klasse, nach langjähriger täglicher Schikane, schließlich die Arme brach, was seine einfältigen Eltern, die ihrem Sohn eine Schulbildung ermöglichen wollten, wie sie ihnen selbst nicht zuteilgeworden war, letztlich dazu veranlasst hatte, Uroš von der Schule zu nehmen, in die er allem Anschein nach auch nie zurückgekehrt war. Uroš war zudem mein bester, oder wenn ihr so wollt, mein einziger Schulfreund gewesen. An jenem Tag, an dem sie ihm die Arme brachen, stand ich wie jeden Tag in einer Ecke des Schulhofs. Ich kaute an meinem Hamburger und sah, wie sich die ewig blutgierigen Kinder um Primoracs Schläger und Uroš scharten, den sie täglich bespuckten und traten. Ich hatte ihn nie auch nur mit einem Wort verteidigt. Ich war ihm natürlich nie zu Hilfe geeilt. Ich aß mein Pausenbrot und wartete ab, bis die Menge genug hatte vom Leid und der Erniedrigung anderer und sich zerstreute. Uroš wischte sich das Blut vom Gesicht, kam zu mir und setzte sich neben mich. Er hat mir nie etwas übel genommen, nie irgendetwas von mir erwartet.

Bis jetzt. Er erwartete, ja bestand darauf, mit mir in der Bar um die Ecke was trinken zu gehen, wie er sagte. Wenn die Menschen erwachsen werden, verlieren sie selbst die wenigen guten Eigenschaften, die sie als Kind besessen haben, dachte ich. Deshalb sind wir immer enttäuscht, wenn wir verlorene Freunde aus der Kindheit wiedersehen. Freundschaft ist letztlich nur in der Kindheit möglich, denn das Konzept der Freundschaft erfordert eine Naivität, die nur die Kindheit gewährleisten kann. Nur Kinder und Idioten können *Freunde* haben. Wer sonst, außer Kindern und Idioten, also dem größten Teil der Menschheit, könnte glauben, dass es Menschen gibt, die so edelmütig und gut sind, dass wir ihnen vertrauen können, dass wir ihnen unser Innerstes anvertrauen und Hilfe von ihnen erwarten können, wenn etwas schiefläuft, was naturgemäß oft der Fall ist – immer, ehrlich gesagt. Gelingt jemandem *eine Freundschaft fürs Leben*, wie man sagt, dann ist diese Freundschaft nur noch nicht hart genug auf die Probe gestellt worden. Es gibt keine Freundschaft, die nicht unter der Last des Charakters des Freundes zerbricht, unter der Last des Bösen, das sie als Menschen zwangsläufig in sich tragen, in ihrem Kern.

Wie geht's, altes Haus, rief Uroš laut. Da er mich aus meiner Kontemplation riss, verdiente er eine gnadenlose Reaktion. Daher sagte ich zu ihm: Entschuldigung, ich denke gerade nach, sei mal zehn Minuten still, merk dir, was du mir sagen wolltest, und sag's mir später. Der gut alte Uroš schwieg tatsächlich. Er trank sein Bier und lächelte – offenbar gelang es ihm, sich einzureden, dass er sich freute, mich zu sehen. Wenn Menschen beschließen, gutmütig zu sein, kann man machen, was man will – man kann sie nicht verletzen. Was gerecht ist. Gutmütig sein heißt sich überwinden, sich über seine Natur erheben, daher verschaffen sich sogenannte *gute Menschen* mit ihrer sogenannten *Güte* einen unvergesslichen Genuss, einen der vollkommensten, den der Mensch überhaupt empfinden kann. Sie genießen ihre Güte so sehr, dass wir, die anderen, ihnen gegenüber zu nichts verpflichtet sind. Je schlechter wir sie behandeln, desto größer ist ihre Güte für uns, und desto größer auch der Genuss, mit dem sie belohnt werden. Und, Uroš, wie geht's so, sagte ich, als ich mich dazu durchgerungen hatte, ihn anzusprechen. Ganz gut, sagte er, kann nicht klagen.

Er erzählte mir, dass er sich in den ersten Jahren, nachdem die Eltern ihn von der Schule genommen hatten, geweigert habe, den Hof zu verlassen und in die Stadt zu gehen. Du weißt schon, sagte er sich fast entschuldigend, es hat mich wirklich verletzt, was Primorac und seine Jungs mir angetan haben, als teile er mir etwas Unglaubliches mit, etwas, das ich bezweifeln könnte. Ich habe mich irgendwie erniedrigt gefühlt. Auf dem Land ging es mir gut. Aber in der Stadt hätte mich einer meiner Schulfreunde sehen können, genau das sagte er, *Schulfreunde*. Ich habe ihnen verziehen, aber ich wollte sie nie wieder sehen, deswegen habe ich die Stadt gemieden.

Dann sei der Krieg gekommen. Sein Vater habe ihm gesagt, er solle sich beim Militär melden und nach Bosnien gehen. Das habe ich dann auch gemacht, sagte er, und ich glaubte ihm. Es passt zu ihm, dachte ich, er hat nie etwas infrage gestellt. Dort habe ich irgendwelche Menschen getötet, sagte er, ich habe sie getötet und konnte später deswegen lange nicht schlafen. Aber mit der Zeit gewöhnt man sich daran, mir selbst vergebe ich immer. Egal, was man tut, man nimmt sich selbst an, nicht wahr?, fragte er mich. Jeder von uns begeht Schreckliches, wofür wir uns bis zum Tod schämen, aber wir leben trotzdem weiter. Darum war ich denen, die mich damals in der Schule verprügelt hatten, nicht böse – ich wusste um meine eigenen Schandtaten, und da ich mir selbst verziehen hatte, wäre es nicht in Ordnung gewesen, ihnen nicht zu verzeihen. Um schlecht von anderen zu denken, muss man gut von sich selbst denken. Das kann ich nicht. Ich kenne mich, darum weiß ich, dass ich nicht besser bin als andere, trug Uroš seine bedauernswerte Weltanschauung vor.

Im Krieg habe er Menschen getötet, aber er habe sich im Hintergrund gehalten, wenn sie den Befehl bekommen hätten, Häuser anzuzünden und Frauen zu vergewaltigen. Dann habe ich mich versteckt, das gebe ich zu, aber ein Feigling bin ich nicht, sagte er zu mir. Wenn geschossen wurde, habe ich geschossen wie alle anderen. Aber auf diese Frauen konnte ich nicht losgehen. Sie haben mir leidgetan, ich konnte es einfach nicht. Andere konnten es, ich nicht. Vielleicht, weil ich selbst als Kind misshandelt worden bin, vielleicht deshalb?, fragte er mich.

Er sei nach Hause zurückgekehrt. Im Winter darauf hätten sie ihn verheiratet. Er und seine Frau seien in die Stadt gezogen. In Ulcinj fanden wir es schöner als auf dem Land, sagte er, jetzt, da ich eine Frau hatte, war ich irgendwie stolz, und es kümmerte mich nicht, was die anderen von mir dachten. Manchmal sei er seinen Peinigern begegnet. Manche hätten ihn spöttisch, manche beschämt angesehen. Auch Žarko Primorac sei er begegnet. Er ist als Erster auf mich zugegangen, erzählte er mir. Ehrlich, er hat mich freundlich begrüßt. Mich auf einen Drink eingeladen. Nach zwei, drei Gläsern hat er angefangen, sich zu entschuldigen, sagte er. An dem Abend haben wir getrunken. Er hat geweint, und wie er geweint hat. Am Schluss habe ich ihn nach Hause gebracht. Den ganzen Weg über hat er sich an meinen Arm geklammert. Wie mit einer Zange hat er meinen Arm zusammengedrückt, als hinge er über einem Abgrund und als wäre mein Arm sein letzter Halt, er hat sich an mich geklammert und erst locker gelassen, als ich ihm versprochen hatte, dass wir uns wiedersehen.

Als sein Sohn auf die Welt kam, sei Primorac sein Patenonkel geworden. Er ist zu meinem Miloš immer aufmerksam gewesen, sagte er, er hat nicht einen Geburtstag vergessen, nicht einen Festtag, immer ist er mit Geschenken gekommen. Ehrlich gesagt, ich selbst hätte ihm diese Dinge nie kaufen können, sagte er. Also soll er, habe ich gedacht. Wenn sein Vater schon von früh bis spät als Hilfsarbeiter auf Baustellen arbeiten muss und die Familie damit gerade so durchbringt, dann soll er die Spielsachen von Primorac ruhig haben, wenn er sie schon haben kann. Das Kind trifft keine Schuld, es leidet genug unter meiner Armut. So habe ich gedacht, sagte er.

Dann bekam ich die Chance, für ein halbes Jahr nach Nigeria zu gehen, sagte er. Dort habe ich gearbeitet, mich geplagt wie zu Hause, aber wenigstens für mehr Geld – das waren seine Worte. Wieder angekommen, sei er mit dem Taxi nach Hause gefahren. Der ganze Kofferraum war voller Geschenke – für sie und für Miloš. Ich habe gedacht: Ich will ihnen auch einmal etwas Schönes geben, wegen der Geschenke freut sich das Kind ja schon mehr auf Primorac als auf seinen Vater, sagte er.

Die Vermieterin habe ihn im Hof begrüßt. Sie ist in Tränen ausgebrochen, als sie mich gesehen hat, sagte er. Was ist los, habe ich sie gefragt, wo ist meine Familie? Keine Antwort. Sie hat nur geweint und immer wieder *mein guter Uroš* gesagt. Wo ist meine Frau, habe ich gefragt, ich will ins Haus! Aber die alte Frau hat mich nicht durchgelassen, sie hat sich vor mich gestellt und mich nicht hineingelassen. Du hast keine Familie mehr, hat sie zu mir gesagt, mein guter Uroš.

So sieht's aus, mein Guter, sagte Uroš zu mir. Meine Frau ist fortgegangen. Und mit wem? Mit Primorac, dem Patenonkel. Sie hat mich verlassen und unser Kind mitgenommen. Nicht einmal eine Woche nach meiner

Abreise, wie die alte Frau mir erzählt hat. In aller Frühe, noch vor Sonnenaufgang, damit die Nachbarn nichts mitbekommen, haben sie ihre Sachen gepackt, sich ins Auto gesetzt und sind weggefahren. Sie haben sich bei keinem gemeldet, keiner weiß, wo sie hingefahren sind, sagte er. Eine Weile habe ich sie noch gesucht, dann habe ich es aufgegeben, erzählte er mir. Das nigerianische Geld habe ich vertrunken, es hat mir ohnehin nichts als Unglück gebracht. Soll es dich ins Grab bringen, habe ich zu mir gesagt. Erst als ich alles vertrunken hatte, habe ich die Bar verlassen. Es geht einfach nicht, Kumpel, sagte er, es geht einfach nicht: Wer sein Leben lang nichts hat, der wird auch nichts haben. Hätte ich nur ein bisschen Grips gehabt, dann hätte ich gewusst, dass Geld nichts für mich ist. Ich habe alles gehabt, außer Geld. Dann bin ich dem Geld gefolgt und habe alles verloren. So sagte er.

Er fügte noch hinzu, dass er sich allein die Schuld gebe. Dass er ihnen verziehen habe, ihr und Primorac. Dass er nur seinem Sohn nachweine. Aber dass er hoffe, dass Miloš eines Tages nach ihm suchen werde. Dass er eines Tages, wenn er groß sei, an seinen Vater Uroš zurückdenken und, egal, wo er dann wäre, nach Ulcinj zurückkehren werde, wenigstens für einen Tag, um seinen Vater zu sehen. Obwohl er wisse – in diesem Moment benutzte er das Wort zum ersten Mal –, dass es letztlich egal sei. Genau das sagte er: *egal*.

Weißt du, ich habe viel über alles nachgedacht, sagte er. Zeit dazu hatte ich genug, lachte er, was soll man auch anderes tun, wenn man allein ist. Ich habe viel nachgedacht, und am Ende habe ich begriffen: Es ist egal, sagte er. Selbst wenn ich Žarko Primorac an jenem Tag nicht auf der Straße getroffen hätte, selbst wenn er nichts mit mir trinken gegangen wäre, selbst wenn wir statt einer Flasche nur ein Glas geleert hätten, selbst wenn er mir, als er geweint hat, nicht leidgetan hätte, selbst wenn ich ihm nicht versprochen hätte, dass wir uns wiedersehen, selbst wenn er am nächsten Tag nicht mit nach Hause gekommen wäre, selbst wenn er meine Frau nie getroffen hätte – es wäre alles genauso gekommen, ganz egal, so oder so wäre alles zum Teufel gegangen, sagte er. Selbst wenn Žarko Primorac ein Fünkchen Ehre besessen hätte, was nicht der Fall gewesen ist, selbst wenn ihm eingefallen wäre, dass er mir schon einmal das Leben ruiniert hat, dass ich mit zwei gebrochenen Armen aus der Schule getragen worden bin, dass ich seinetwegen nie wieder die Schule besucht habe, wenn ihm eingefallen wäre, dass er mich dazu verdammt hat, mein Leben lang Beton zu mischen und Bodenplatten zu gießen, wenn ihm eingefallen wäre, dass er es gewesen ist, der mir jegliche Chance verbaut hat, je etwas Besseres zu werden als ein Hilfsarbeiter, wenn ihm das eingefallen wäre, was nicht der Fall gewesen ist, wenn er deswegen gedacht hätte, *ich tue ihm nicht wieder etwas an, ich nehme ihm seine Frau nicht weg*, selbst wenn er das gedacht hätte, was nicht der Fall gewesen ist, selbst wenn alles so gewesen wäre, wie es nicht gewesen ist, auch dann wäre es egal, sagte er. Der

Teufel hätte irgendeine Möglichkeit gefunden, mir die Haut vom Leib zu reißen, sagte er, das ist mir schließlich klar geworden, denn ich habe noch nie Glück gehabt und werde es auch nie haben können. Egal, was ich tue – ich werde einsam krepieren und mein letzter Gedanke wird sein: Krepier doch endlich und mit dir das ganze Unglück, sagte er.

Vielleicht kommt Miloš zu mir, vielleicht wird es, wenn er groß ist, sein größter Wunsch sein, seinen Vater zu sehen. Aber was sieht er dann: einen Trinker, zugewachsen, verlottert und schmutzig, der in einer verlassenen Arbeiterbaracke schläft, sich einmal im Monat wäscht, alle zwei Tage etwas isst und im Sterben liegt, weil seine Leber blutet, weil er in seinem Leben jegliches Gift geschluckt hat, sowohl das, was man in der Kneipe trinkt, weil man es will, als auch das, was man jeden Tag hinunterschluckt, weil man es muss – weil die anderen es wollen. Was soll Miloš denn tun? Wenn er kommt und mich so sieht, sterbe ich, unglücklich vor Scham, weil mein Sohn sieht, wie armselig ich bin. Kommt er nicht, sterbe ich vor Scham, weil nicht einmal meinem Sohn an mir gelegen ist. Was auch geschieht, für mich ist es egal. Wie es auch für ihn egal ist. Wenn er kommt, wird er sich bis an den letzten Tag für seinen Vater schämen. Kommt er nicht, holt ihn die Scham irgendwann ebenfalls ein: Denn eines Tages wird ihm in den Sinn kommen, dass sein Vater gestorben ist und er ihn nie besucht hat, und dafür wird er sich schämen. Egal, was er tut, das Unglück wird über ihn herrschen, so wie auch alles, was ich je getan habe, vom Unglück heimgesucht wurde. Und darum, mein guter Konstantin, ist mir alles egal.

Eigentlich sollte ich die Getränke bezahlen, dachte ich, schließlich war ich reich und er arm. Trotzdem ließ ich ihn bezahlen. Denn es war, wie er sagte: egal. Wir dürfen die Menschen nie daran hindern, sich mit Taten hinter ihre Worte zu stellen. Obwohl er für unsere Getränke das letzte Geld aus der Hosentasche geschüttelt hatte, verließ er mich gut gelaunt. Schön, dich getroffen zu haben, sagte er zu mir und ging, bevor ich ihm antworten konnte.

Dabei wollte ich ihm eigentlich etwas Lehrreiches und Tröstliches sagen. Ich wollte ihm von Bernhard erzählen. Der Gedanke an Bernhard tröstet mich immer, denn angesichts eines Unglücks, welches das unsere in allem übersteigt, müssen wir Trost verspüren. Hätte ich es geschafft, Uroš von Bernhard zu erzählen, wäre er in jener Nacht zufrieden eingeschlafen. Denn ich hätte ihm gesagt, dass diese Geschichte uns etwas Wichtiges lehrt: dass menschliches Unglück immer gleich und überall gleichermaßen möglich ist. Grund zum Unglück haben gleichermaßen der ausgehungerte Bauer auf den Reisfeldern Asiens und der depressive Schriftsteller, der in einem Wiener Kaffeehaus Sachertorte isst und Julius-Meinl-Kaffee trinkt. Gleich guten Grund, unglücklich zu sein: er und ich. Denn menschliches Unglück entspringt nicht dem Gesellschaftssystem und der geografischen Lage, sondern der Existenz. Um unglücklich zu sein, genügt es, irgendwo zu sein. Letztlich auch nur zu sein. Ich hätte ihm gesagt, dass auch die anderen ins Leben geworfen sind, so wie wir ins Leben geworfen sind, verurteilt zu einer Existenz, die sie nicht gewollt haben, so wie auch wir dazu verurteilt sind. Er, der in kaputten Schuhen zu Fuß aus seinem Dorf in die Schule gegangen ist, und ich, der ich von meinem Vater jeden Morgen mit dem Mercedes, den er von Onkels Geld gekauft hatte, bis vor die Schultür gebracht worden bin. Er, der während seiner gesamten Schulzeit Hunger gelitten hat, und ich, der ich darum gewusst und ihm trotzdem nie angeboten habe, ein einfaches Schulbrot für ihn zu kaufen. Er und Žarko Primorac, der die ewig hungrigen und käuflichen Arbeiterkinder mit Krapfen und Pita bezahlt hat, sie dafür bezahlt hat, Uroš in der Pause auf dem Schulhof zu drangsalieren, damit seine Erniedrigung öffentlich und für alle sichtbar war – und damit umso schrecklicher für ihn. Er und Žarko Primorac und ich, der ich ihm nie zu Hilfe geeilt bin. Und die Unglücklichen, die das Essen hinunterschlangen, das Primorac ihnen gekauft hatte, die sich den Mund am Ärmel abwischten und sich *an die Arbeit* machten. Sie schlugen erbarmungslos auf ihn ein, obwohl sie nichts gegen ihn hatten. Eifrig schlugen sie auf ihn ein, um sicherzugehen, dass ihr Chef zufrieden war, dass er ihnen auch morgen Leckereien kaufen würde. Hätte Primorac Uroš nicht so abstoßend gefunden, hätte es sein sadistisches Bedürfnis, ihn zu drangsalieren und zu erniedrigen, nicht gegeben, dann wäre ihre Kindheit verstrichen, ohne dass sie je Krapfen mit Eurocrem probiert hätten. Uroš musste leiden, ja, aber sie bekamen die Krapfen, nach denen sie sich jeden Tag ihrer hungrigen Kindheit gesehnt hatten. Wahrscheinlich ist es das, was die Leute meinen, wenn sie sagen, jedes Schlechte habe auch sein Gutes. Er und ich. Gleichermaßen er wie ich. Hätte er mich das alles erzählen lassen, hätte er eine Chance gehabt, zu begreifen, wie tröstlich das alles war.

Obwohl Uroš zweifellos mein Unglück gesehen hat. Er muss es gesehen haben. Jeder, der mich kennenlernt, denkt zuerst: Gott, was für ein unglücklicher Mensch. Deshalb hat er auch gesagt: schön, dich getroffen zu haben. Dasselbe hat er zu Primorac gesagt, als sie zusammen trinken waren, dachte ich, weil ganz gewiss auch Primorac unglücklich ist. Die Freude jener, die uns in der Kindheit um unser scheinbares Glück beneidet haben, ist unermesslich, wenn sie uns als Erwachsenen begegnen und sehen, dass uns das Leben ebenso unglücklich gemacht hat, wie sie es sind. Das Leben gleicht in Unglück und Verzweiflung alles aus, es wendet jeden Vorteil, den wir zu Beginn haben, gegen uns. Während es die Chancenlosen wie Uroš statt in Wut und Verbitterung in Scham enden lässt. Anstatt über die anderen verbittert zu sein, statt über das Leben verbittert zu sein, harrt er in Scham über sich selbst auf das Ende. Letztlich hat Uroš, der von Primorac drangsaliert worden ist, nur darin Trost finden können, dass Primorac selbst vom Leben drangsaliert wird. Jeder ist Henker, und jeder ist Opfer, jeder drangsaliert jeden.

Irgendwann fühlt sich der Sadist gepeinigt, der Märtyrer wird, so er lange genug lebt, Schandtaten begehen, aufgrund derer er bei anderen in böser Erinnerung bleiben wird. Dem gepeinigten Primorac ist nur noch geblieben, sich daran zu erfreuen, dass er selbst einmal der Drangsalierende gewesen ist – woran er sich erinnert hat, als er Uroš begegnet ist. Weswegen auch er es *schön* fand, ihn getroffen zu haben. Es war eine Begegnung zwischen Henker und Opfer – zu beidseitiger Zufriedenheit, was in der reichen und verworrenen, mit negativen Emotionen beladenen Geschichte von Henkern und Opfern wahrlich selten ist.

Mit den Gedanken bei Uroš, umfuhr ich die Innenstadt. Über einen Schotterweg erreichte ich den Fernsehmast auf dem Pinješ. Ich setzte mich hin, nippte an meinem Whisky und betrachtete die Lichter der Stadt. Im Auto fand ich eine CD, die ich mir für besonders verzweifelte Momente gebrannt hatte. Von dieser CD ließ ich zwei Lieder laufen – *John Walker's Blues* von Steve Earle und *Leif Erikson* von Interpol – so lange, bis die Flasche leer war.

Ein Grund, wieder in die Menschenmenge einzutauchen: um verfluchten Whisky zu kaufen, der einzige Grund, für den es sich an jenem Abend lohnte, unter Leute zu gehen. Ich kaufte zwei Flachmänner Glenfiddich. Ich setzte mich vor den Supermarkt und nahm ein paar kräftige Schlucke. Die goldene Flüssigkeit fließt, und ich schöpfe Kraft, um zum Wagen zurückzugehen, dachte ich.

Doch selbst ein derart einfacher Plan war nicht umzusetzen. Egal, wie wenig wir vom Leben erwarten – wir bekommen noch weniger. Die Enttäuschung ist unausweichlich, selbst die völlige Abwesenheit von Hoffnung kann uns nicht von ihr befreien. Ich wollte nichts weiter als Whisky trinken und wieder nach Hause kommen. Stattdessen sah ich mich zu einem Gespräch mit Samir, dem Wahhabiten, gezwungen.

Wie ein böses Omen sah ich ihn entschlossenen Schrittes auf mich zukommen. Er ging direkt auf mich zu, Menschen, mit denen er zusammenstieß, prallten von ihm ab wie von einem Felsen. Dürfte es einen islamischen Superhelden geben, eine Art arabischen Hulk, dann sähe er aus wie er, erinnere ich mich, gedacht zu haben. Schon von Weitem sah ich, dass er mich anschrie und bedrohlich mit dem Zeigefinger fuchtelte.

Samir war in der Regel harmlos. Er stand da, mit seinem dichten schwarzen Bart und einer lustigen weißen Häkelmütze auf dem Kopf, wie eine Vogelscheuche für Ungläubige, auf knorrigen Beinen, deren knochiges Aussehen von der weiten, auf Knöchelhöhe gekürzten Hose noch unterstrichen wurde. Er stand da und warnte die Ulcinjer vor Sünde und Verderben. Er war ein Ortsnarr, einer von vielen.

Samir war ein vielversprechender Junge gewesen. Ein brillanter Pianist, seine Interpretation von Bachs *Goldberg-Variationen* war weithin bekannt. Dann erhielt er eine Einladung an das Mozarteum, der er folgte, und er trat ein Klavierstudium an, das *unseren Ulcinjer* zu einem der weltbesten Pianisten machen würde, wie man sich in der Stadt erzählte. Zwei Jahre später kehrte er zurück. Manche sagten, er sei vergewaltigt worden, eine Gruppe von Studenten habe ihn auf dem Klavier missbraucht und ihn dann mit Dirigentenstäben ausgepeitscht, während er, aus dem Anus blutend, den ganzen Weg vom Konzertsaal in den Schlafsaal zurückwankte. Andere wiederum erzählten von einer Österreicherin, die er habe heiraten wollen. Sie hätten sich geliebt und seien glücklich gewesen, bis sie eines Abends vor dem Mozarteum an einem Eichenast hängend aufgefunden worden sei. In ihrem Abschiedsbrief, den sie sich mit rotem Garn an den Bauch genäht habe, soll sie erklärt haben: Sie sterbe, weil ihre Eltern ihr die Ehe mit Samir nicht erlaubt hätten, sie aber keinen anderen wolle. Ich gehe, mein Liebster, und mit mir unser Kind, soll sie geschrieben haben, diese Version jedoch scheint, gerade aufgrund der zahlreichen Details, nicht überzeugend.

Wie auch immer, Samir suchte Trost in der Moschee. Seine Finger, die einst über Klaviertasten geflogen waren, blätterten nun im Koran. Was Österreich ihm nicht gegeben hatte, gab Saudi-Arabien ihm. Mochten die Leute Samir auch verspotten, wenn er sie an der roten Ampel ermahnte und ihnen mit dem Koran gegen die Stirn schlug, mochten sie ihn auch bemitleiden – ich beneidete ihn. Denn nur wer starke Überzeugungen hat, nur wer bereit ist, für das, woran er glaubt, alles zu opfern, ist ein glücklicher Mensch. Natürlich erweist sich das, woran wir glauben, am Ende als Lüge, wie sich herausstellt, ist das, wofür wir bereit waren, alles zu geben, es nicht wert, auch nur das Geringste dafür zu geben, nicht mal etwas so Nichtiges wie unser Leben. Aber diese Enttäuschung kommt erst später. Die Zeit, bis sie eintritt, bis der Verstand das Seine tut und diese Sandburg, in die wir unsere Hoffnung gelegt haben, wie eine Flutwelle zum Einstürzen bringt, ist die einzig glückliche, die wir haben. Ich hatte nie diese Hoffnung, darum beneidete ich Samir. Denn ein einziger Augenblick blinden Glaubens, egal woran, also auch an das Unsinnigste, bringt dem Menschen mehr Glück als alle Vernunft und alles Wissen, welche nichts anderes bewirken, als dass sie jegliche Möglichkeit von Glück zunichtemachen, indem sie alles, woran wir unser Leben zu binden versuchen, als wertlos entlarven. Darum schweben wir wie Ballons, aufgeblasen mit Vernunft, aufgeblasen bis zum Platzen, in Erwartung des Augenblicks, in dem uns das Nächste, was wir verstehen, in Stücke reißen wird, wenn unser Körper, empfindlich wie die Ballonhaut, infolge der Verzweiflung, die uns erfüllt, explodiert.

Als er vor mir stehen blieb und mir zuwarf, was sein bester vorwurfsvoller Blick sein musste, verstand ich endlich, was er sagte. Stell die Flasche weg, riet er mir in befehlendem Ton, nimm nicht noch mehr Böses zu dir, davon ist schon genug in dir, wie ich sehe. Er fragte mich, ob ich nicht wisse, dass es verboten sei, Alkohol zu trinken. Ich sagte, natürlich wisse ich das, aber nicht für mich – ich sei kein Muslim. Er kenne mich, antwortete er, er wisse gut – warum nicht *sehr gut*, dachte ich – wer ich sei, auch, dass mein Urgroßvater ein orthodoxer Priester gewesen sei, und gerade deswegen spreche er mich an, denn auch die Bibel verbiete den Alkohol. Ich versuchte, ihm zu erklären, dass ich ebenso wenig Christ sei wie Muslim, dass mein Großvater nach allem, was ich weiß, ein Idiot gewesen sei, der die Familie mit seiner Religiosität ins Unglück gestürzt habe, und dass mich nichts, was er zu sagen habe, interessiere, von nun an bis in alle Ewigkeit. Dann bat ich ihn höflichst, zu gehen und mich in Ruhe zu lassen. Er antwortete, dass er in mir das Böse sehe, selbst im Gedränge, das heute Abend in der Stadt herrsche, habe er das Böse aus mir treten sehen, wie er es ausdrückte.

Dann wechselte er plötzlich den Ton. Er beruhigte sich, zog einen der herumliegenden Coca-Cola-Kästen heran und setzte sich neben mich. Ich flüstere, sagte er zu mir, denn sie sind überall. Ich sehe, dass sie dich verfolgen, wie sie auch mich verfolgen, sagte Samir. Samir glaubte, wir beide, zwei Männer, die vor einem Supermarkt auf Getränkekästen saßen, der eine betrunken vom Alkohol, der andere von der Religion, zwei Männer, die um sich herum, jeder auf seine Weise, nur Böses und Verderben sahen – wir beide würden von Geistern verfolgt. Diese Geister hießen Dschinn, behauptete er.

Sein Reden war eloquent, und was er sagte, nicht uninteressant. In jedem Fall bedrohlich. Und wie wir wissen, nehmen wir nur ernst, was uns bedroht. Er erzählte mir, die Dschinn seien Wesen aus Feuer. Allah, subhanahu wa ta'ala, hat gesagt: *Die Dschinn haben wir aus dem Feuer der sengenden Glut erschaffen,* sagte er. Vom Feuer des Blitzes, sagen manche, andere sagen: Nein, vom Feuer der Sonne, fügte er noch hinzu. Er verlangte von mir, mein Weltbild abzulegen. Es gibt nicht nur eine Wirklichkeit, flüsterte er höchst konspirativ. Die Wirklichkeit besteht aus Stufen, aus drei Welten: der materiellen, der psychischen und der geistigen, deklamierte er. Die Dschinn leben zwischen der Welt, in der du und ich gerade sitzen, und der Welt des reinen Geistes, sie befinden sich in der psychischen Welt, sagte er und tippte sich mit dem Finger an die Stirn. Er behauptete, die Dschinn hätten keine beständige Form, deshalb könnten sie jede Form annehmen. Sie hätten eine Seele, daher seien sie wie der Mensch vor Gott verantwortlich, sagte er, manche seien auf dem richtigen Weg, sie seien Muslime. Andere seien böse Mächte im Kampf gegen Gott. Sie lauern uns auf, unaufhörlich stürzen sie sich auf uns, sagte er mir sichtlich erregt. Sie greifen mich an, wenn ich bete, wie auch dich, wenn du säufst, sagte er. Aber ich wehre mich, ich wehre mich unentwegt, während du dich ihnen ergibst, meinte er.

Manchmal hört man sie in der Nacht, es klingt, als würden sie um das Bett tanzen. Manchmal sieht man sie als Erscheinung, manchmal als Hunde. Hüte dich besonders vor den schwarzen Hunden! Der Prophet hat gesagt: *Der schwarze Hund ist ein Satan! Wären Hunde keine Spezies, würde ich ihre Ausrottung befehlen. Doch ich fürchte mich davor, eine ganze Spezies auszurotten. Trotzdem: Tötet alle schwarzen Hunde, denn sie sind Dschinn.* Genau so hat es der Prophet gesagt, behauptete Samir.

Von ihm erfuhr ich an jenem Abend, dass wir mit unserem Schmutz, dem physischen wie dem geistigen, wie er sagte, den Dschinn die Tür öffnen. Wenn ich masturbierte, warnte er mich, risse ich sie dem Bösen weit auf. Dann bekomme ich sie also kaum je wieder zu, dachte ich. Masturbation, sagte er mir, sei eine Einladung an das Böse, von uns Besitz zu ergreifen. Und wenn es Besitz von uns ergreife, gebe es nur eine Möglichkeit, es wieder auszutreiben. Dann musst du dich dem Heiligen zuwenden, sagte Samir. Vor dem Heiligen fliehen die Dschinn, erklärte er mir, und auch vor Licht und Wasser. Das Dunkel muss erhellt, das Schmutzige gereinigt werden, sagte er. Dann stand er abrupt auf und verlor sich, ohne sich umzudrehen, zwischen den Menschen, die nichts von der lauernden Gefahr wussten und ihr Leben in Offenheit für das Böse lebten.

Mein guter Samir, dachte ich, als ich schwankend zum Wagen aufbrach, jeder Mensch ist böse, und jeder Mensch ist ein Lügner. Solange du um dich herum nach dem Bösen suchst, bist du blind für das Böse in dir, dabei ist alles in dir.

So hat mein Vater immer zu mir gesagt. Er saß in seinem Sessel auf der Terrasse und las *Die Bekenntnisse des heiligen Augustinus*. Wie versteinert saß er stundenlang da und las. Wenn er nicht von Zeit zu Zeit die Hand bewegt hätte, um umzublättern, hätte man denken können, er sei petrifiziert. Er flüchtete sich in diese Starre, errichtete Barrikaden gegen alles um sich herum, und wenn er etwas sagte, war es, als spräche ein Denkmal zu mir. Aus seinem Mund kamen nur mahnende und tadelnde Worte – in seinem Einsiedlertum und seiner Askese fand er offenbar die Kraft, über mich zu urteilen. Und das war nur möglich, weil er nie stark genug gewesen ist, über sich selbst zu urteilen – er war seit jeher schwach und unschlüssig. Am Ende hat er sich unter den Rock des heiligen Augustinus geflüchtet, hat dessen Werke gelesen und die Pose einer Heiligenstatue eingenommen. Sicher wird er nicht gedacht haben, dass dies für seine Erlösung reichen würde, er kann darin nicht die rettende Transzendenz und Vertikale gesehen haben, um es mit seinen Worten zu sagen. Es gibt kein Entkommen, schrie ich ihn an, es ist alles umsonst, diese ganze Liebäugelei mit dem Heiligen. Es gibt nichts Heiliges, es gibt nur Qual, für die du zu schwach bist, vor der manche in Tod und Verderben flüchten und manche in die Religion, was wiederum nur bedeutet: schließlich ebenfalls in den Tod und das Verderben. Es gibt nur Qual, vor der ihr alle flüchtet, und es gibt mich, der ich jedes Stück Agonie, das mir gegeben ist, entschieden erdulde, habe ich geschrien. Er hat seinen zittrigen Finger auf mich gerichtet und seinen Augustinus gemurmelt: Du bist einer von jenen, die zeitlebens alles zerstören, die niemals etwas aufbauen; alles Gute stammt von Gott, alles Böse von der menschlichen Freiheit, zu wählen … Das ist unser letzter Streit gewesen. Ich habe ihn auf der Terrasse mit einer Schallplatte von

Bach auf dem Grammofon und mit Augustinus in den Händen zurückgelassen, in seinem Haus, das er – nachdem meine Mutter gestorben und das Haus leer zurückgeblieben war – *mit Transzendenz gefüllt hatte*. Damals habe ich ihn endlich verlassen, wir hatten einander alles gesagt, was wir zu sagen hatten. Weder danach noch davor haben wir irgendetwas voneinander gewusst, wir haben nichts füreinander gefühlt außer Nicht-ertragen-Können und Bedauern, dass alles so gekommen ist, dass wir letztlich nie die Chance gehabt haben, uns zu lieben, ich ihn und er mich.

Der schnellste Weg zurück zum Auto und der mit den wenigsten Unannehmlichkeiten führte durch die verlassene Tiefgarage. Von dort aus würde ich an einer Reihe verfallener Häuser vorbei zum Park kommen und dann durch die Gassen den Pinješ hinaufgehen, bis zur Stelle, wo ich den Wagen abgestellt hatte. Das Risiko, jemandem zu begegnen, dem ich nicht begegnen wollte – um die Tatsache zu abstrahieren, dass ich niemals irgendjemandem begegnen will –, war minimal. Die Route, auf der ich zum Wagen eilen wollte, führte im Rücken der Menschenmenge entlang, die sich auf der Suche nach sommerlichen Genüssen im eigenen Schweiß und Gestank auf der Promenade drängte. Sie führte durch das Dunkel außerhalb der Reichweite der Straßenlaternen, in deren Schein Zehntausende Menschen auf ihren stumpfsinnigen Bahnen aneinanderstießen wie ein wirres Ameisenheer, durch dieselben Straßen ziehend wie jeden Abend, wie jeden Sommer.

Beim Parkplatz neben dem verlassenen Supermarkt aus sozialistischer Zeit führte eine breite Treppe unter die Erde. Die kommunistischen Kader, rekrutiert aus der ärmlichen, proletarischen und einfältigen bäuerlichen Schicht, hatten trotz ihrer bescheidenen Vergangenheit größenwahnsinnige Zukunftsvisionen gehabt. Alles, was sie bauten, begriffen sie als ihr eigenes Grabmal – als etwas, wodurch sie den nachfolgenden Generationen in Erinnerung bleiben würden, wie man sich erzählte, denn sie glaubten an die idiotische Vorstellung, dass das Leben eines Menschen nicht mit dem Tod enden, sondern in seinen Werken fortdauern würde.

In der Lokalzeitung habe ich einmal gelesen, dass die Garage mit ihren drei Ebenen – und das ohne den Atombunker, über dessen Ausmaße nichts bekannt ist, weil die entsprechenden Daten immer noch als Militärgeheimnis eingestuft sind – sich auf ganze zehntausend Quadratmeter erstreckt. Ein perfektes Grabmal – in dieses Bauwerk könnten, glaube ich, die sterblichen Überreste sämtlicher jugoslawischer kommunistischer Führungskräfte verlegt werden. Zusätzlich hätten im Atombunker die Särge ihrer näheren Verwandten Platz, so könnten sie auch im Tod beieinanderbleiben. Denn die Familie – nach dieser Maxime lebten die Marxisten – ist die Grundzelle der Gesellschaft, daher, so meinte ich, wäre es nur recht, wenn dieselbe gesellschaftliche Ordnung auch im Tod gewahrt bliebe.

Als Parkplatz hingegen war dieser gargantuasche Abkömmling nicht zu gebrauchen. Als die erschöpften

Handwerker die letzten Bauarbeiten durchgeführt hatten und der schweinegesichtige Bürgermeister das Eröffnungsband durchschnitt und die Garage für eröffnet erklärte, fuhr kein einziges feierlich hupendes Auto hinein. Die Garage war zwar fertig, aber eine Zufahrtsstraße musste noch gebaut werden. Die Zeitungen jener Zeit rechtfertigten die Garage, in die kein Auto hineinfahren konnte, mit der vorhergesagten dynamischen Entwicklung von Ulcinj. Die Garage sei nur der erste Schritt: Der nächste Fünfjahresplan sehe den Bau der Garagenein- und -ausfahrt vor sowie eine Reihe infrastruktureller Begleitobjekte, die das touristische Angebot von Ulcinj und seiner Umgebung verbessern würden, schrieben sie. Der Bürgermeister hinterließ den Straßenbau der Jugend als Vermächtnis: Würden sie alles bauen, und unter allem verstand er die Garage und die Zufahrtsstraße, dann würde die heutige Generation Gefahr laufen, die nachfolgende zu verwöhnen. So wie ihre Väter den härteren Teil der Arbeit erledigt hätten, die Erkämpfung der Freiheit, so hätten auch sie den härteren Teil der Arbeit erledigt: den Bau der Garage. Jede nachfolgende Generation in unserem Land hatte es leichter als die vorherige: Vor einem halben Jahrhundert hatten wir nichts, jetzt haben wir die Freiheit und die Garage, nur die Straße fehlt noch, war der Kern seiner Aussage, an der sich auch das Konzept für die zukünftige Entwicklung erahnen ließ. Die Garage war offenbar als unendliche Geschichte konzipiert worden: als Bauwerk, zu dem jede Generation ihren Beitrag leisten würde, bis ans Ende der Welt.

Gegenwärtig jedoch war die Garage ein Loch mitten in der Stadt, in das die örtliche Bevölkerung Tag für Tag ihren Müll warf. Während ich die in eine Mülldeponie verwandelte Treppe hinunterstieg, wäre ich mehrere Male beinahe gestürzt, weil ich über Fernseher und verrostete Kühlschränke stolperte, und über gute alte Jumbo-Mülltüten, in welchen die umweltbewussteren Bürger ihre Abfälle gesammelt hatten. Die Glühbirnen, die von den örtlichen Randalierern verschont geblieben waren, beleuchteten flackernd dieses Grab des Fortschrittsglaubens.

Die verlassene Garage war eine Inspirationsquelle für zahlreiche urbane Legenden. Es hatte mit der Geschichte von einer Bande Drogenabhängiger begonnen, die sich angeblich im Untergrund der Stadt traf. Dann wurde in der Garage ein totes Mädchen gefunden. Sie ist vergewaltigt worden, sagten die einen. Der Mörder hat ihr, bevor sie gestorben ist, beide Hände abgehackt, behaupteten die anderen. Die Polizei teilte schließlich mit, dass das Mädchen gestorben sei, weil sie die Treppe hinuntergestürzt war, und zwar weil sie es so gewollt habe, und dass sie es so gewollt habe, weil sie das Opfer eines pädophilen, blutschänderischen Vaters gewesen sei, was das Mädchen in den Selbstmord getrieben und den Vater ins Gefängnis gebracht habe. Aber bevor unwiderlegbar feststand, dass es sich um eine Familientragödie handelte, hatte der Fall das perverse Prozedere des Nachbarschaftstratschs durchlaufen, bei dem jeder Übermittler der Geschichte etwas von seinen dunkelsten Wünschen und Frustrationen in die Erzählung hatte mit einfließen lassen. So sei das Mädchen von mehreren Männern anal missbraucht worden, oder es sei zum Oralsex gezwungen worden, wieder von mehreren Männern. Sie sei mit herausgerissenen Augen aufgefunden worden, wofür Satanisten verantwortlich gemacht wurden. Oder mit herausgerissenen Nieren, wofür Organhändler verantwortlich gemacht wurden, die sich als ein altes italienisches Ehepaar ausgäben und es schafften, ihre Opfer zu täuschen, indem sie sympathische, senile Touristen spielten und vorgaben, durch arme Länder am Rand Europas zu reisen, um der örtlichen Bevölkerung humanitäre Hilfe zu leisten. Das tote Mädchen war ein leeres Blatt Papier, auf dem die Stadt Zeugnis von der eigenen Abscheulichkeit ablegte. Lasst der Fantasie der Menschen freien Lauf, und vor euch öffnet sich die Hölle, wie eine stinkende Schwefelflut sprudeln ihre Gedanken hervor, voller schmieriger Wünsche, die ihre Seele hervorbringt wie schrecklich missgebildete Neugeborene, voller unterdrückter Ängste, die sie aus sich, aus diesem von Knochen und Fleisch umwucherten Friedhof, ausgräbt wie verfaulte Leichen.

Es gab noch mehr erfundene Morde, wie es auch noch mehr wirkliche Selbstmorde unten in der Garage gab, die ein Loch geworden war, in das die Ulcinjer Bürger alles stopften, was sie nicht sagen, ja nicht einmal denken durften, so wie im Märchen vom Zar Trojan. Aber kein Loch der Welt ist groß genug für all das Böse im Menschen. Wenn es gelänge, alles Schwarze aus einer einzigen menschlichen Seele herauszupressen wie die Tinte aus einem Tintenfisch, verlöre sich in dieser Finsternis die ganze Welt. Nur wer ohne Verstand ist, kann Atome spalten und mit Mikroskopen nach der perfekten Waffe suchen – späht doch einfach in den Menschen hinein und ihr findet alles, was man braucht, um alles Existierende zu vernichten.

In der Garage fühlte ich mich zum ersten Mal an diesem Abend wohl. Ich habe schon immer gewusst, dass für den Menschen Glück nur unter der Erde zu finden ist, dachte ich. Über mir tobte die Menschheit und verursachte einen solchen Lärm, dass er sogar durch den dicken Stahlbeton der Garage drang. Die Schritte der Menschen über meinem Kopf klangen wie kleine Nägel, die jemand in den Sarg schlug, in den ich mich freiwillig gelegt hatte ... oh weh, nicht einmal unter der Erde ließen sie mich in Ruhe. Eine unangenehme Überraschung nach der anderen – das ist die Geschichte meines Lebens.

Am Boden der Garage, vor der riesigen Stahltür zum Atombunker, setzte ich mich auf einen Stapel weggeworfener Bücher. Ich blätterte in einigen davon. Eine ansehnliche Sammlung religiöser Schundliteratur: *Hundert Wege zur Erlösung; Die Deutung der Zeichen Gottes; Über die Selbsterkenntnis.* Ich zündete mir eine Zigarette an und begutachtete die Müllhalde um mich herum. Es lag Trost in der rauen Landschaft aus Abfällen, sie war frei von Versprechungen, und damit von Hoffnung, und damit von Enttäuschung. Alles um mich herum war benutzt, als unnütz abgestoßen und am Ende völlig vergessen worden, als hätte es nie existiert. Ich hatte Mitleid mit jedem einzelnen weggeworfenen Küchengerät, Küchenschrank und jeder Lampe. Jeden von uns erwartet dasselbe Ende, das ihnen widerfahren ist. Die Menschen werden uns benutzen und vergessen, so wie sie diese Dinge benutzt und vergessen haben. Im einen Moment sind die Menschen für uns aus irgendeinem Grund von Nutzen – dann stehen sie uns nah. Doch schon am nächsten Morgen stören sie uns, und wir wünschen uns nur noch, dass sie aus unserem Leben verschwinden. Tagein, tagaus werfen wir Menschen weg, so wie wir Müll wegwerfen. Wir werfen weg und wir werden weggeworfen, das ist die schlichte Wahrheit. Wir sind in eine Welt geworfen, die uns fortwährend wegwirft. Am Ende bleiben wir mit uns allein, um über die Deponie unseres Lebens zu irren. Überall um uns herum: weggeworfene Freunde, Liebhaber, Menschen für einen Tag, Menschen, die wir gemieden und Menschen, derer wir uns entledigt haben. Überall in unserem Inneren: nur leere Verpackungen verbrauchter Emotionen, von denen wir uns ernährt haben, und durchbohrte Hoffnungen, auf denen unser klappriges Wesen wie auf platten Reifen dahingerollt ist.

Für einen Augenblick glaubte ich, zwischen zwei Kühlschränken die Umrisse eines Menschen erkannt zu haben. Unsinn, sagte ich zu mir. Seit Jahren kam niemand mehr hierher. Die Ulcinjer glaubten, der Ort sei verflucht, und die Touristen kamen nur zum Urinieren oder, in Fällen höchster sexueller Dringlichkeit, für einen unbefriedigenden Quickie hier herunter. Aber nie so weit runter, sie erledigten alles Nötige unter der Treppe, als fänden sie es tröstlich, von dort noch die obere Welt sehen zu können.

Trotz der überzeugenden Argumentation, mit der ich mich tröstete, tauchten die Umrisse erneut aus dem Dunkel auf. Vor mir stand ein dunkelhäutiger Junge. Er musterte mich argwöhnisch. Dann streckte er mir die Handfläche entgegen, was ich natürlich als ausnehmend feindliche Geste verstand.

Die Schamlosigkeit der Bettler kennt keine Grenzen. Ununterbrochen verlangen diese Menschen Mitleid von uns, obwohl sie selbst kein Mitleid für andere haben. Sie verhalten sich, als gäbe es im ganzen Universum kein anderes Unglück als das ihre. Einer eurer Lieben stirbt, verzweifelt fahrt ihr durch die Straßen der Stadt und wartet darauf, dass die Beruhigungsmittel, die ihr geschluckt habt, zu wirken beginnen. An einer Ampel bleibt ihr stehen, und eine Bettlerin kommt auf euch zu, mit einem Kind, das wie eine Brosche an der schlaffen Brust hängt, und verlangt Geld von euch. Was kümmert sie euer Leid, sie leidet selbst genug und ist entschlossen, sich dieses Leid bezahlen zu lassen. Euch widerfährt die schlimmste Tragödie, und dennoch stürzen die Bettler sich hartnäckig auf euch und verlangen für *ihre* Tragödie Geld. Selbst wenn ein Mensch in größter Verzweiflung beschließen würde, sich umzubringen, wenn er auf ein Hochhaus steigen und hinunterspringen würde, würden die Bettler, da bin ich mir sicher, während seines Falls die Hände durch die Treppenhausfenster nach ihm ausstrecken und ein Almosen verlangen.

Noch dazu nutzen Bettler ihre körperlichen Mängel skrupellos aus. In Podgorica, an der Ampel beim Bahnhof, hat ein Zigeuner mir einmal sein vertrocknetes Bein durch das offene Fenster geschoben. Ich hatte nicht bemerkt, wie er sich mir, auf Krücken gestützt, genähert hatte. Kaltblütig wie ein Attentäter streckte er sein Bein durch das Fenster und trat mir mit dem wie die Pest stinkenden Fuß ins Gesicht. Ich öffnete ruckartig die Tür und stieß ihn auf die nebenliegende Fahrspur, direkt vor einen Lastwagen, der gerade an der auf Rot gesprungenen Ampel anhielt. Mit etwas Glück hätte ich das Ekel vor einen fahrenden Wagen stoßen können. Mit unglaublicher Geschwindigkeit schwang er sich auf die Krücken und ging fluchend erneut auf mich los. Zum Glück hatte ich eine Coca-Cola-Dose im Wagen, mit der ich ihn mitten zwischen seine kleinen, bösen Augen traf. Das zweite Mal fiel er richtig. Im Rückspiegel sah ich sein Blut aus der Stirn auf den Asphalt rinnen. Die Polizei fragte später, warum ich den Unglücksort, wie sie sagten, verlassen hätte. Ich teilte ihnen mit, dass die Formulierung Unglücksort, was mich betreffe, völlig unangebracht sei, da das Ereignis mich glücklich gemacht habe. Du bist geflüchtet, weil du nicht den Mut gehabt hast, dich dem, was du getan hast, zu stellen, schrie der Polizist. Ich erklärte ihm, dass ich nur weggefahren sei, weil die Ampel auf Grün gesprungen war, weil die ungeduldigen Fahrer hinter mir gehupt und mir nicht gestattet hätten, mich an meiner Tat zu erfreuen, am Anblick des *aus dem Felde geschlagenen Scheusals*.

Der Junge mit der ausgestreckten Hand rückte vorsichtig näher. Das Unheil naht, dachte ich. Und ein Unheil kommt selten allein, wie man sagt. Nach dem Jungen traten schamlos noch mehr Bettler aus dem Dunkel hervor, in dem sie, was mich betraf, eigentlich überhaupt nicht existierten. Ich zählte sie: ein Mann, zwei Frauen und fünf Kinder, deren Geschlecht sich unmöglich bestimmen ließ. Eine ganze armselige Familie, dachte ich. Ich musste weg von hier. Eine der Frauen hatte eine Geschwulst am Rücken, die so groß war wie die Diskokugel einer durchschnittlichen Diskothek. Das Gesicht der anderen Frau war in von Blutflecken gezierte Verbände gewickelt. Beiden fehlten Gliedmaßen – auf den ersten Blick geschätzt: je ein Arm und ein Bein, dachte ich. Und doch bedeutete ihr *anatomischer Minimalismus* nicht zugleich den Verlust von Schönheit, welche ich in der Harmonie ihrer Figuren fand, einer Art pragmatischen Symmetrie, wie ich damals dachte. Den Frauen fehlte jeweils der linke Arm und das rechte Bein, sie hatten also jeweils einen rechten Arm und ein linkes Bein, sodass sich die diagonale Anwesenheit mit der diagonalen Abwesenheit von Gliedmaßen in ihren Körpern kreuzte. Diese Symmetrie, die ich mit meinem auf das Schöne trainierten Auge sofort bemerkte, ermöglichte es ihnen, sich mithilfe einer Krücke fortzubewegen. Die Krücke unter den rechten Arm, Hüpfen auf dem linken Bein, hopp, schon waren sie am Ziel. Bei einer vertikalen Abwesenheit der Gliedmaßen, bei einem fehlenden Arm und einem fehlenden Bein auf derselben Körperseite, hätte die Fortbewegung für sie ein ernsthaftes Problem dargestellt. Andererseits wäre mein Problem dann geringer gewesen, da ich mich nicht hätte davor fürchten müssen, dass sie auf mich zukommen oder mich, wie ich mit Schrecken dachte, sogar berühren könnten.

Jetzt, da sie näher an mich herangekommen waren, sah ich, dass auch ihr Vater nicht komplett war. Dem Mann fehlten vom Ellbogen abwärts beide Arme. Außerdem Ohren und Nase, was in gewisser Weise fair war, denn wie hätte er ohne Hände in der Nase bohren oder mit dem kleinen Finger die Ohren säubern sollen? Ein bisschen hinkt er auch, dachte ich. Er schien X-Beine zu haben, als seien sie ihm mal gebrochen worden. Wieder zwei Diagonalen, fiel mir auf. Die Kinder vereinten in sich, wie so oft, Merkmale des Vaters und der Mütter. Sie sahen alle gleich aus: dunkelhäutig, schmutzig, helle, verschmierte Augen. Sie waren unmöglich auseinanderzuhalten, außer anhand ihrer körperlichen Mängel.

Should I Stay or Should I Go, dachte ich, als sich die invalide Familie unter Wehklagen und mit rhythmisch klappernden Krücken auf mich zubewegte. Ich lief nicht davon, weil der seit Jahren eingeschlafene Schriftsteller in mir erwachte. Die Literatur nährt sich vom Unglück des Menschen, dachte ich. Die vor mir stehenden Bettler waren ein repräsentatives Beispiel für die Agonie der

Existenz. Wenn ich aus ihnen keine gute Geschichte machen konnte, würde mir nie eine gelingen. Da ich nun eine Möglichkeit gefunden hatte, sie auszunutzen, beschloss ich, noch eine Weile bei ihnen zu bleiben. Obwohl vielleicht auch sie die eine oder andere Idee haben, wie sie mich ausnutzen können, sagte ich mir. Vielleicht wollten sie mich mit ihren Krücken erschlagen und dann aufessen. Ein beleibter Mann wie ich … das reicht für einen ganzen Monat, sorgte ich mich. Meinen Körper würde man niemals finden, wenn mich überhaupt jemand suchen würde. Niemand hat mich die Garage betreten sehen, und niemand würde auf die Idee kommen, hier nach mir zu suchen, entwickelte ich eine paranoide Konstruktion.

Zum Glück fand ich eine Möglichkeit, ihnen auszuweichen. Ich kletterte über die Feuerschutztreppe auf den Lüftungsausgang des Atombunkers. Hierher schaffen es die Invaliden nie, dachte ich triumphierend. Und tatsächlich begutachtete der Familienvater sorgsam die Treppe, er beschnupperte sie fast wie ein Hund. Wie ich angenommen hatte, kam er zu dem Ergebnis, dass ich mich außerhalb ihrer Reichweite befand. Er drehte sich zu seiner Familie um und breitete hilflos die Arme aus, wenn man das so sagen konnte.

Sie versammelten sich unter mir und baten mich alle gleichzeitig um Almosen, keinen Gedanken daran verschwendend, wie sinnlos ihre Forderung war. Ich betrachtete sie von oben, so wie ein Volksführer eine Menschenmenge vom Balkon aus betrachtet, auf dem er seine Reden hält. Die Kinder streckten mir ihre zittrigen Händchen entgegen. Erst da bemerkte ich, dass sie alle nur drei Finger hatten. *Ich liebe euch auch*, rief ich ihnen zu.[1]

Sei gütig und gib uns etwas zu essen, sagte die Frau mit dem verbundenen Gesicht. Bitte, möge Gott dir Gesundheit schenken, sagte die mit dem Höcker. Das erheiterte mich: Gerade hat mir eine leprakranke Frau Gesundheit gewünscht, dachte ich. Siehst du, du lachst, sagte das Familienoberhaupt, fest entschlossen, meine gute Laune zu nutzen, gib uns etwas zu essen und wir bringen dich die ganze Nacht lang zum Lachen. Aha, dachte ich, das sind keine Bettler, sondern Entertainer. Die fünf schmutzigen Kinder hatten womöglich The Jackson 5 zum Vorbild. Da dies eine ehrliche Art und Weise war, sich zu ernähren, versprach ich, ihnen ein paar Brotkrumen hinunterzuwerfen. Ich nahm einen großen Schluck aus der Flasche. Wenn ihr essen wollt, erzählt mir von euch, sagte ich zu ihnen.

Und das taten sie. Sie seien aus dem Kosovo nach Ulcinj gekommen. Sie quälten sich schon ihr Leben lang, betonte der Vater, als gelte dies nicht für jedes menschliche Wesen. Wir sind von Stadt zu Stadt gezogen, ich und meine beiden Damen, sagte er. Dann sind die Kinder dazugekommen, er seufzte wehmütig, drei kleine Engel. Mit dunkler Haut, fügte ich mitfühlend hinzu.

---

[1] Anspielung auf einen öffentlichen Auftritt Slobodan Miloševićs 1996, bei dem die Menschen ihm mit dem serbischen Drei-Finger-Gruß zujubelten. (Anm. d. Ü.)

Er behauptete, sie hätten hart gearbeitet, aber nie genug verdient, um in einem Haus zu wohnen. Daher übernachteten sie in Höhlen. In einer Höhle bei Prizren stießen sie auf eine Leprakolonie. Sie versuchten, davonzulaufen, doch die Aussätzigen versperrten mit ihren Körpern den Ausgang – ein wirksameres Hindernis als ein unter Hochspannung gesetzter Stacheldrahtzaun. Ihn ließen sie gehen, aber die Frauen und Kinder hielten sie als Geiseln fest. Jeden Tag musste er den Aussätzigen Essen bringen. Monatelang. Dann wurden sie von der NATO befreit, die Serbien bombardierte. Ein Pilot hatte nicht präzise gezielt: Die Höhle wurde von einer Rakete getroffen. Sie flohen durch die Flammen, während hinter ihnen die Felsen einstürzten.

Dann folgte eine Zeit des Wohlstands für die polygame Familie, die, ohne es zu wissen, mit Lepra infiziert war. Sie kamen durch verlassene Dörfer, deren Bewohner vor der serbischen Armee nach Albanien geflohen waren. Uns haben die Soldaten nicht angerührt, erzählte mir der *pater familias*, sie haben gesagt, wir seien Balkan-Ägypter, gegen uns hätten sie nichts. Auch sie hatten nichts gegen die Armee: Selbst wenn die Soldaten alles Wertvolle mit Lastwagen aus dem Dorf brachten, blieb noch genug für sie übrig.

Als sich die serbische Armee aus dem Kosovo zurückzog und die Dorfbewohner in ihre geplünderten Häuser zurückkehrten, brach für die Familie eine schwere Zeit an. Alle haben uns verprügelt, klagte das Familienoberhaupt, für alles haben sie uns die Schuld gegeben. Als die wütenden Bauern seine Frauen vergewaltigt und ihm mit der Spitzhacke die Beine gebrochen hätten, sei ihnen klar geworden, dass sie fliehen mussten. Sie seien in Ulcinj gelandet. Was sie Hunderte Male bereut hätten. Hier gibt uns niemand auch nur einen Dinar, klagte er, die Leute hier scheinen keine Seele zu haben. Aber das Schlimmste habe ihnen noch bevorgestanden ...

Wir sind einfache Leute, erzählten sie mir, woher hätten wir wissen sollen, dass wir auch Lepra bekommen haben, dass die verfluchten Aussätzigen uns angesteckt haben? Als seiner Dame eine Geschwulst aus dem Rücken trat, machte der Mann sich Sorgen und brachte sie zum Arzt. Der rief die Polizei. Mit Gasmasken und langen Rohren bewaffnete Männer evakuierten die Ambulanz und isolierten sie und den Arzt. Der Arzt durfte am nächsten Tag gehen, sobald feststand, dass er sich nicht angesteckt hatte. Sie wurden noch ein paar Tage in der Ambulanz festgehalten, bis sie eines Abends in die verlassene Garage verlegt wurden. Sollten sie je herauskommen oder auch nur die Nase aus der Garage stecken, würden sie getötet, sagte man ihnen. Da hatte ich schon gar keine Nase mehr, sie ist einfach abgefallen, lachte das Familienoberhaupt von Herzen über die Dummheit der Polizisten.

Seitdem seien viele qualvolle Jahre vergangen. Sie hätten zwei weitere Kinder bekommen und das ein oder andere Glied sei ihnen abgefallen. Aber alles in allem führten sie ein ruhiges Leben, sagte er. Die Polizisten hätten ganz umsonst gedroht. Wir gehen nirgendwohin, sagte er. Selbst wenn man versuchen würde, sie aus der Garage zu vertreiben, sie würden dafür kämpfen, zu bleiben, fügte die ganze Familie hinzu. In der Garage hätten sie endlich das Zuhause gefunden, nach dem sie zeitlebens gesucht hätten. Hier unten hätten sie alles, behaupteten sie: Verpflegung, Unterkunft und ihre Ruhe. Oben habe man sie verprügelt und beleidigt, und wohin sie auch gingen, sie seien Fremde gewesen. Hier seien sie ihr eigener Herr, genau das sagten sie. Oben würde man seine Kinder verachten, erklärte der Aussätzige mir, aber hier seien sie von Liebe umgeben. Oben würden sie damit aufwachsen, zusehen zu müssen, wie er von anderen geschlagen und gedemütigt werde, sagte er, unten in der Garage dagegen könne er ihre Achtung gewinnen. Das ist wichtig, sagte er, ich bin ihr Vater. Wir bleiben hier, weil wir hier glücklich sind, sagte der Aussätzige, ohne sich dessen bewusst zu sein, dass er soeben Tolstoi widerlegt hatte, der behauptete, dass alle glücklichen Familien auf dieselbe Weise glücklich seien.

Ich habe eine Vision, wollte ich ihnen sagen. Ich bin ein Flötenspieler mit einem lächerlichen Alpenhut auf dem Kopf, einem, über den Bernhard sich lustig machen würde, ich habe eine grüne Pumphose mit Trägern an, wie Heidegger sie gerne trug. Ich marschiere voran und spiele auf der Flöte. So wie die Ratten der Flöte jenes deutschen Flötenspielers gefolgt sind, den die Städte kommen ließen, damit er sie von den scharfsichtigen Nagetieren befreite, so folgen die Verlassenen, Kranken und Obdachlosen meiner Flöte. Ich flöte, und die aussätzigen Bettler stolpern mir hinterher, die Treppe nach oben, die uns aus der Garage in die mit Neonlicht und Begierde erfüllte Sommernacht führt. Die Musik aus meiner Zauberflöte dringt wie Nadeln durch das Getöse der Musiker auf den Terrassen der Cafés, sie dringt durch zu jeder alten Frau, die gerade von ihren Verwandten vergiftet wird, damit sie ihre Reichtümer aufteilen können; bis zu jedem Kind, das von seiner Mutter in einer Vorstadtbaracke erstickt und in einen Bach voller Plastiktüten und alter Regenschirme geworfen wird; bis zu jedem mit AIDS infizierten Mädchen, das in seinem Zimmer vor der Stunde zittert, in der die Leute, die es kennt, von seiner Krankheit erfahren werden; bis zu jedem vergewaltigten Jungen; jedem Alkoholiker, der im Keller des Hauses, in dem seine geschiedene Frau und seine Kinder wohnen, die nichts mehr mit ihm zu tun haben wollen, an Leberzirrhose stirbt; bis zu jedem Selbstmörder, der mit einer Schlinge um den Hals auf einem wackelnden Stuhl steht – meine Musik erreicht alle Tuberkulosekranken, Blinden, Tauben, Gelähmten, alle Aussätzigen wie eine weckende Hand.

Sie sind meine Heerscharen. In einer Kolonne hinter mir aufgereiht hinken, stolpern, taumeln und kriechen sie, zerren ihre verwelkten Beine voran, rollen ihre Rollstühle. Sie folgen mir auf Schritt und Tritt, so wie die Ratten dem deutschen Flötenspieler gefolgt sind. *Schrecklich sind meine Heerscharen* unter Bannern aus blutgetränkten Verbänden. Wie Rächer marschieren wir in Städte, fallen in Parlamente ein, in Einkaufszentren, Schulen, Krankenhäuser, wo wir hinkommen, verbreiten wir Krankheit und Unglück. Wir niesen, urinieren, bluten, berühren. Wo wir vorbeigehen, verwandeln wir alles in das uns Gleichende. Wo wir vorbeigehen, fällt alles Lebende der Krankheit anheim. Sie alle sind dann meine Soldaten. Folgsam reihen sie sich in die Kolonne ein. *O ihr Kinder eines dunklen Geschlechts*, denke ich, *silbern schimmern die bösen Blumen des Bluts an unseren Schläfen, der kalte Mond in unseren zerbrochenen Augen, o, der Verfluchten.*

Schrecklich sind meine Heerscharen, und wir werden immer mehr: Alle Bettler aus Delhi, alle Obdachlosen aus Brooklyn, alle, die in Kairo unter der Stadt aufgewachsen sind, alle Hungernden in Kinshasa. Die Kolonne hinter mir wird immer länger, und aus Milliarden von infizierten Hälsen erklingt im Chor der fröhliche Refrain, den die Flöte spielt: *Death to Everyone is Gonna Come.* Jetzt sind wir an der Küste, jetzt gehe ich über das Wasser. *Death to Everyone* spiele ich und trete auf der Stelle, die Klippen betrachtend, von denen sich mein Heer, *mein schreckliches Heer*, ins Meer hinunterstürzt und in den blauen Tiefen verschwindet. Ich spiele immer schneller, jetzt schon im *tempo furioso*: ohne Träne, ohne Schrei, ohne Bedauern und Reue stürzt alles Meine in den Tod.

III

Chef, riss mich die raue Stimme des Aussätzigen aus den Gedanken, jetzt gib uns etwas zu essen, wir haben unseren Teil der Abmachung erfüllt. Was soll ich ihnen geben, wo ich doch nur Whisky habe, fragte ich mich rhetorisch. Ich nahm noch einen Schluck und warf ihm die Flasche zu. Übertreibt es nicht mit dem Feuerwasser, wagte ich ihnen zu raten. Während sie versuchten, sich nach unten zu beugen, um meinen Glenfiddich aufzuheben, nutzte ich den Moment ihrer Unaufmerksamkeit und kletterte die Leiter hinunter. Als ich mich gerade dezent, wenn auch ohne Gruß, verabschieden wollte, zog mich eines der gierigen Kinder am Hosenbein. Ich warf ihm einen vorwurfsvollen Blick zu. Mit allen drei Fingern einer Hand versuchte es, mich festzuhalten, während es mit der anderen ein Almosen verlangte. Ich stupste, väterlich sozusagen, mit der Schuhspitze gegen seinen Bauch. Ich hatte ihn fast nicht berührt, doch das kleine Monster fing derartig an zu schreien, dass der Vater und die Mütter, nachdem sie ihn untersucht und festgestellt hatten, dass ihm nichts fehlte, rachsüchtig auf mich losstürmten. Lügner, Ekel, Scheusal, warfen sie mit heftigen Worten um sich, während ich in Richtung Ausgang rannte.

Es war drei Uhr morgens, als ich mich wieder in der Oberwelt befand. Das Touristenpack zerstreute sich allmählich.

Ich fuhr langsam. In jedem Stein am Wegrand sind, wenn man genau hinsieht, wenn man es nur zu erfahren bemüht ist, die Ursachen des Verderbens zu sehen, dachte ich. Den Weg, auf dem ich fuhr, stieg auch das montenegrinische Heer hinauf, als es Ulcinj eroberte. Oben auf der Lichtung, von wo aus auf der einen Seite die blaue Weite bis zur Straße von Otranto zu sehen ist und auf der anderen die Ebene von Štoj und die Salinenbecken, kämpften sie gegen eine kleine türkische Einheit. Danach zogen sie durch den Stadtteil Meterizi nach unten vor die Altstadtmauer. Als ihr Angriff abgewehrt wurde, steckten sie aus Wut einen Teil der Stadt in Brand, der später wieder aufgebaut worden ist und heute – welch herrlicher Euphemismus! – *Nova mahala* heißt: neues Viertel. Die Holzhäuser und die Hunderten kleinen Brücken brannten bis in die Morgenstunden und leuchteten den Ulcinjern den Weg in die Zukunft.

Als er Ulcinj endlich eingenommen hatte, ließ König Nikola unterhalb der Altstadtmauer eine Kirche errichten. Man sagt, in der Kirche seien Teile der zyklopischen, Tausende von Jahren alten Festungsmauer verbaut worden. Stücke des Mauerwerks, die während der Belagerung unter dem Kanonenfeuer zum Meer hinabgestürzt seien, hätten sie in die Kirche eingemauert. Später bauten sie eine Siedlung um die Kirche herum. Dafür ebneten sie den muslimischen Friedhof ein, auf dem die Ulcinjer seit Jahrhunderten ihre Toten begraben hatten. Sie stießen die Grabstätten um, warfen sie ins Meer, stampften wie mit Hufen über die Erde und errichteten genau hier ihre Häuser, als hätte es an dieser Stelle nie irgendetwas gegeben.

Wo in alledem soll Glück möglich sein?, dachte ich. In Tod, Zerstörung, Raub? So geht es doch seit eh und je, dachte ich und fand ein gewisses Vergnügen am Moralisieren, zu dem ich mich – oh weh! – kurz hatte hinreißen lassen.

Ich parkte vor der Mauer, welche die Kirche umgab. Näher gehe ich nicht heran, dachte ich. Der schnellste Weg in die Altstadt führte über den Hof der Kirche, trotzdem war es mir noch nie in den Sinn gekommen, dort langzugehen. Dem Katholizismus gegenüber verspürte ich Wut, dem Judaismus gegenüber Gleichgültigkeit, dem Islam gegenüber Bedauern und dem Protestantismus gegenüber Hass – die orthodoxe Kirche aber verabscheue ich. Daher ging ich statt über den Hof der Kirche außen herum, vorbei an überfüllten

Müllcontainern, die vom zuständigen kommunalen Unternehmen seit Tagen nicht geleert worden waren. Wenn ich die Wahl zwischen Müllgestank und Weihrauchgestank habe, entscheide ich mich immer für das Erstere, dachte ich. Statt schmutzige Priestergewänder wähle ich schmutzige Straßen. Wenn ich schon so dumm und verzweifelt bin, dass ich nach Erlösung suche, ich meine Hoffnung auf sie setze, dann suche ich sie auf dem Asphalt, aber auf keinen Fall vor dem Altar. Ich wähle die Welt, so wie sie ist, statt die Lügen für Schwache zu glauben.

Mit diesen Gedanken erreichte ich das Altstadttor. Ich hörte Schritte aus der dunklen Straße nahen. Ein Mann, der etwas im Arm trug – einen Hund oder ein Kind, dachte ich –, lief an mir vorbei. Ich blickte in sein Gesicht – seine Augen waren voller Tränen, und der verkrampfte Mund verriet Verzweiflung. Hinter ihm her wackelten mehrere Frauen mit Kopftuch und in Pluderhosen – wie Pinguine, selbst des letzten sympathischen Zugs beraubt. Keine maß mehr als einhundertfünfzig Zentimeter, und keine wog weniger als achtzig Kilo. Sie wirkten wie pygmäische Sumoringer. John Waters hätte für einen Film mit ihnen ein Vermögen bezahlt. Diese Pinguine in ihrer traditionellen Kleidung kreischten unerträglich. Es war klar, dass sie um etwas weinten. Aber weinen wir nicht immer um irgendetwas, meistens um uns selbst? Wie groteske Tänzer steppten sie mit ihren kleinen Holzpantoffeln über das mit der Zeit glatt getretene Pflaster. Die Zeit würde, auch wenn sie das nie begreifen würden, jeden Schmerz, den sie je empfunden haben, belanglos machen und bewirken, dass sowohl sie als auch das, was sie in dieser Nacht beweinten, ohne eine Spur verwehen würde, so wie der Wind in der Steppe.

Terra promessa hieß die Bar, zu der ich unterwegs war. Ich war häufig dort zu Gast. Oft setzte ich mich auf die Terrasse über dem Meer und trank stundenlang. Es war ein schönes Lokal mit perfektem Meerblick und mit Musik von Johnny Cash und Merle Haggard, die zum Besten zählen, was das konservative Amerika uns geschenkt hat, wie der Kellner mir mal gesagt hat – er vertrat eine merkwürdige Ideologie, die ich nie gänzlich verstanden habe. In meiner Jugend bin ich viel herumgekommen, ich war sogar in Woodstock, hat er mir einmal erzählt. Ich war liberal. Aber dann habe ich viel nachgedacht und viel gelesen, und heute bin ich konservativ, genau das sagte er. Das war merkwürdig, denn meistens sind Menschen genau deswegen konservativ, weil sie nicht nachdenken und nicht lesen. Du verstehst natürlich, erwiderte ich, das jede ideologische Orientierung absolut unsinnig ist, dass eine Idee annehmen nur bedeutet, dass wir nicht genug über sie nachgedacht haben, denn egal, was es ist: Sobald wir genauer darüber nachdenken, wird es ganz und gar inakzeptabel. Verstehst du, wie armselig euer Streit mit den Linken ist, fragte ich ihn, denn bei eurem Versuch, die Welt zurechtzurücken, macht ihr allen das Leben nur noch schwerer, ihr beschließt Regeln und Gesetze, die unsere ohnehin schon erbärmliche Existenz noch erbärmlicher machen, und dann führt ihr auch noch Krieg, obwohl dies gar nicht so schlecht ist, im Krieg sterben zum Glück Menschen, sodass wenigstens diese Glücklichen vom Elend befreit werden. Du verstehst natürlich, dass ihr am Ende alle krepieren werdet, verzweifelt krepieren werdet, am Ende wird es keine einzige Idee, kein Lied und keine Parole mehr geben, hinter der ihr euch vor der Tatsache verstecken könnt, dass ihr sterbt, dass ihr weder wisst, warum ihr gelebt habt, noch, warum ihr sterbt, dass ihr nie gewusst habt, was Gut und was Böse ist, dass ihr immer nur Böses getan habt, besonders dann, wenn ihr fest geglaubt habt, Gutes zu tun, obwohl es eigentlich egal ist, denn in diesem Moment, in der Stunde des Todes, werdet ihr nicht nur keine Grenze zwischen Gut und Böse mehr sehen, ihr werdet euch nicht einmal mehr sicher sein, ob es Gut und Böse überhaupt gibt, erst dann, erst im Sterben, werdet ihr denken, dass Gut und Böse nur ideologische Konstrukte sind, die euch helfen sollten, euer Dasein zu fristen, sagte ich ihm.

Er antwortete mir nicht, begriff aber, dass es ratsam war, Gespräche mit mir zu meiden. Von da an bauten wir eine wunderbare Beziehung zueinander auf: Er brachte Getränke und schwieg, ich trank und schwieg. Er existierte nur als der, der bediente, ich nur als der, der ihn dafür bezahlte. Ich gehe im *verheißenen Land* noch ein paar Whisky trinken und dann ins Bett, dachte ich. Die Ahnung aber, dass die Zukunft nicht so rosig sein würde, verstärkte sich, als ich durch die engen Gassen schritt. Die Menschen, denen ich unterwegs begegnete, waren aufgeregt und durch irgendetwas erschüttert. Die Frauen lehnten am Fenster und weinten, die Männer standen vor ihren Häusern und rauchten schweigend. Ich versuchte herauszuhören, was sie flüsterten. Ich vernahm nur ein Wort auf Albanisch, einer Sprache, die ich nie gelernt habe, obwohl ich zeitlebens von ihr umgeben bin. Ein Wort sagten sie immer wieder, wie das Zischen einer Schlange begleitete es mich auf dem ganzen Weg bis zum *Terra promessa*, durch dunkle, von Efeu zugewachsene Durchlässe kroch es mir hinterher, wie eine riesige Schlange, die auf ihrem Rücken das Unglück trug. Pus, sagten sie immer wieder.

In der Bar, die menschenleer war, spielte keine Musik. Dies war für mich die endgültige Bestätigung meiner Ahnung, dass irgendein Unglück geschehen sein musste. Unglück geschieht immerzu, es geschieht nichts anderes als Unglück, doch das bemerken die Leute nur manchmal. Meist brauchen sie ein ganzes Leben, um zu begreifen, dass alles Unglück gewesen ist, von Geburt an. Zugegeben, es bedarf einer gewissen Subtilität, um in der Geburt eines Kindes Grund zur Trauer zu sehen. Darum zeigen die Leute erst Mitleid, wenn sich das Unglück vulgär manifestiert: wenn ein Flugzeug abstürzt oder Bergleute verschüttet werden. Dann schalten sie die Musik ab, die sie als Unterhaltung verstehen, obwohl der höchste Wert der Musik darin besteht, dass es sich zu ihr so herrlich trauern lässt.

Die Kellner standen am Tresen, breiteten die Arme aus und schüttelten die Köpfe, ein Ausdruck von Ohnmacht und Fassungslosigkeit. Ich räusperte mich mehrere Male in der Hoffnung, so ihre Aufmerksamkeit auf mich zu ziehen. Sie kamen erst, als ich zu radikaleren Methoden griff, als ich vom Nachbartisch die kristallene Eisschale nahm und ihnen vor die Füße warf, wo sie in tausend Stücke zerbrach und ihnen kristallklar zu verstehen gab, dass ich etwas zu trinken verlangte.

Mein konservativer Kellner erklärte mir das merkwürdige Geschehen, dessen Zeuge ich an jenem Abend geworden war. Pus war das albanische Wort für Brunnen. Ein Kind war in einen Brunnen gefallen und gestorben. Merkwürdigerweise war es nicht ertrunken, sondern verbrannt.

Der Vater habe im Schlaf jemanden den Deckel des Brunnens wegschieben hören, eines der vielen Brunnen, welche die Bewohner der Altstadt als Sehenswürdigkeiten in ihren Höfen hüteten. Wieder ein durstiger Tourist, habe er gedacht und den Kopf auf die andere Seite gedreht. Dann habe er deutlich jemanden in den Brunnen fallen hören. Schreie gleich denen eines geschlachteten Tieres seien aus dem Erdloch gedrungen und hätten die gesamte Nachbarschaft aufgeweckt. Als vor dem Brunnen die Hausschuhe ihres Sohnes gefunden worden seien, habe die Mutter das Bewusstsein verloren. Dem Vater sei es mit einem langen Rechen gelungen, einen kleinen verkohlten Körper herauszuziehen, in dem niemand den unglücklichen Jungen habe wiedererkennen können. Jemand sei auf die Idee gekommen, einen Eimer in den Brunnen hinunterzulassen und nachzusehen, was das Kind so schnell verbrannt haben könnte. Im Eimer hätten sie glühende Lava entdeckt, dann habe er sich entzündet und sei in den Brunnen zurückgefallen.

Aber hier gibt es keinen Vulkan, zumindest hat es bis jetzt keinen gegeben, wunderte sich der Kellner, wie ist das möglich? Und nicht nur das, fügte er hinzu, oben in Možura haben sie ebenfalls Lava gefunden. Wie es scheint, hat die Lava dort den Brand ausgelöst. Auch am Großen Strand ist Lava aufgetreten, dort brennt noch das Gesträuch. Ich könnte wetten, sie finden auch in Bratica welche, erzählte er, dort kommen die Feuerwehrleute nicht einmal durch, die Straße nach Bar ist abgeschnitten, die ganze Stadt ist von Flammen umringt. Und wenn heute Nacht unter Ulcinj ein verborgener Vulkan ausbricht, fragte sich der Kellner, was passiert dann mit uns?

Ich bezahlte und ergriff schnell die Flucht, da ich in seiner Erzählung einen apokalyptischen Ton erkannte, der mir besonders unangenehm ist. Aber der Mensch flieht vergebens. Unglücke kommen in Sträußen, wie giftige Blumen, wie fallende Bomben zur Vernichtung des letzten Zufluchtsorts unserer Einsamkeit und inneren Ruhe. Dem Kellner entkommen, begegnete ich zum zweiten Mal an jenem Abend Đuro, dem Dreckigen. Ich hatte gerade das Altstadttor erreicht, als er mich abpasste wie ein für Radar unsichtbarer Abfangjäger. Mein

Freund, sagte er zu mir, ich nehme dich mit ins *Servantes*, meine Töchter tanzen dort.

Wie ich erfuhr, war das *Servantes* eine neu eröffnete Cabaret-Bar am Sklavenmarkt in der Altstadt. Dort begegnete ich gewöhnlich schnaufenden, schwitzenden Touristen, welche die Sklavenkäfige fotografierten, die heutzutage beschämend leer gähnten, obwohl die Welt voller Menschen ist, die hinter Gitter gehören. Ich habe diesen Ort seit jeher geschätzt, denn er zählt zu den seltenen erhaltenen Beweisen dafür, dass die Stadt, in der ich lebe, der westlichen Zivilisation angehört. Die Ulcinjer Piraten – vor denen sich die Küstenstädte bis nach Istrien fürchteten, und deren Flotte vom Osmanischen Reich Mitte des 18. Jahrhunderts in der Valdanos-Bucht versenkt wurde, nachdem die Piratenführer dem Sultan den Gehorsam verweigert hatten – entführten im ganzen Mittelmeerraum Menschen und verkauften sie anschließend auf ihrem Sklavenmarkt. Davon zeugende Dokumente lassen den Schluss zu, dass der Ulcinjer Sklavenmarkt weithin berühmt war. In Ulcinj erworbene Sklaven wurden bis nach Istanbul im Osten und bis nach Wien im Westen gebracht. Auf diesem Markt, so besagen es historische Quellen, die keinen sonderlich zuverlässigen Eindruck machen, soll auch der in Ketten gelegte und von der Sonne ausgezehrte Mann verkauft worden sein, der *Don Quijote* geschrieben hat. In Begeisterung darüber, dass die Ulcinj besiedelnden Wesen Cervantes zu einem Sklaven gemacht haben, was ohne Zweifel ihr größter Beitrag zur Weltkultur gewesen ist, stelle ich mir den Sklavenmarkt von heute als den perfekten Ort für eine Kunstveranstaltung vor, bei der Schriftsteller, nachdem sie ihre literarischen Werke vorgelesen haben, an den meistbietenden Literaturliebhaber verkauft werden. Die Leser könnten dort auch – bei adäquater Entschädigung des Verlegers – den Schriftsteller, den sie besonders hassen, mit einer nassen Peitsche schlagen. Oder den, den sie besonders lieben. Damen, die sich Kinder wünschen, die einmal Künstler werden, könnten dort von talentierten Autoren begattet werden. Ein Konzept, das die Möglichkeit zu unzähligen Diskussionen eröffnen würde: über die gesellschaftliche Rolle des Schriftstellers, über die Freiheit des künstlerischen Ausdrucks und über Literatur als Ware.

Im *Servantes* sind allerdings andere künstlerische Formen gefragt, dachte ich, als Đuro mich in den verrauchten, mit grünem und rotem Neonlicht beleuchteten Raum führte, in dessen Mitte seine Töchter auf einer improvisierten Bühne strippten.

Schon als wir an der romanischen Kirche vorbeigekommen waren, die zuerst in eine Moschee und dann in ein Museum umfunktioniert worden war, hinter der sich das baufällige, nach dem Schriftsteller, den die Ulcinjer nicht einmal im Tod in Ruhe ließen, benannte Steinhaus befand, welches nun zu einem Bordell umfunktioniert worden war, hatte Đuro ein spektakuläres Programm angekündigt. Seine Töchter hatten, sagen wir es so, Schwierigkeiten mit der Choreografie. Sie versuchten, ihre Bewegungen, die jeglicher Spur von Eleganz entbehrten, zu etwas zu verbinden, was nur mit einer tödlichen Dosis Sarkasmus als erotischer Tanz bezeichnet werden konnte.

Durch das Geflecht aus Seufzern, das die Performance begleitete, war eine tiefe Männerstimme zu hören, die sich an den Barmann wandte: Für mich einen doppelten Wodka mit Pfeffer und für meinen Freund einen doppelten Whisky vom Feinsten. Ich blickte zum Besitzer dieser eindrucksvollen Stimme: Es war ein alter, ergrauter Mann in einem schönen Juteanzug, mit kurz gestutztem Bart und einem Safarihut, der seine hohe Stirn und die scharfsinnigen Augen bedeckte.

Wir wechselten ein paar Höflichkeitsfloskeln, so viel war ich dem Mann, der mir den Drink ausgegeben hatte, schuldig. Er war, wie man gerne sagt, ein Mann von Welt – einer vom alten Schlag, mit guten Manieren und einer Bildung, wie nur klassische Gymnasien und bessere europäische Universitäten sie bieten konnten. Warum gute Manieren so wichtig sind, begreifen wir erst, wenn wir endlich jemandem begegnen, der sie besitzt – sie ermöglichen es uns, mit anderen Menschen zu kommunizieren, ohne uns mit ihnen anzufreunden. Gute Manieren verhelfen uns zu einer hygienischen Distanz zu Menschen, die wir unmöglich aufrechterhalten können, wenn uns das Schicksal zum Kontakt mit primitiven Menschen zwingt, die ununterbrochen den Wunsch äußern, mit uns innig zu werden, und dann beleidigt sind, wenn wir ihnen zu verstehen geben, dass wir keinerlei Nähe wünschen.

Sind Sie das erste Mal in Ulcinj, fragte ich ihn. Nicht wirklich, sagte er, eher könnte man sagen, ich bin schon immer hier. Das wundert mich, sagte ich, die Stadt ist klein, jeder kennt jeden, ich kann mich nicht erinnern, Sie schon einmal gesehen zu haben. Ich sage das mehr metaphorisch, sagte der Fremde, was ich eigentlich meine, ist, dass ich mich überall zu Hause fühle. Ein echter kosmopolitischer Geist ist heutzutage eine Seltenheit, sagte ich und leerte das Glas, alles ist erreichbar, die ganze Welt liegt dem Menschen zu Füßen, alles Wissen befindet sich gleich hinter der nächsten Ecke, und dennoch herrschen in der Welt wie immer Ignoranz und Vorurteile. Sie haben recht, pflichtete der alte Mann mir bei, auch mich plagen die Vorurteile am meisten: Manchen Leuten kann man einfach nichts erklären, sie sind vor Vorurteilen blind und taub. Ich persönlich habe Offenheit für Neues und einen freien Geist immer geschätzt, sagte er. Wer dies besitzt, der gehört zu mir, er klopfte auf den Tresen.

Wir sind uns eben erst begegnet, guter Herr, fuhr er fort, dabei habe ich das Gefühl, Sie schon mein Leben lang zu kennen: Sie haben Stil, das erkennt man auf den ersten Blick. Dasselbe kann man auch von Ihnen sagen, gab ich das Kompliment zurück. Oh ja, murmelte er, ich glaube, man hat mich schon für vieles verantwortlich gemacht, aber meinen Stil hat noch niemand infrage gestellt. Daher sage ich Ihnen, denn Sie werden mich verstehen, sagte er vertrauensvoll, die kleine Orgie hinter uns wird ein schlechtes Ende nehmen. Genau das ist das Problem mit den Menschen: der fehlende Stil, so sagte er, dass sie es nicht schaffen, ihre Beschränkungen zu überwinden, dass jeder Versuch, über sich selbst herauszuwachsen, in Schandtaten endet. Je ehrgeiziger der Versuch, desto schlimmer die Tat, sagte er.

Dem war nichts hinzuzufügen. Es ist eine Seltenheit, auf eine verwandte Seele zu stoßen. Feingeister sind zur Einsamkeit verurteilt. Wenn wir einem Gleichgesinnten begegnen, gilt es also, dessen Gesellschaft zu genießen. Fest entschlossen, noch ein wenig mit dem alten Mann zu plaudern, bestellte ich neue Getränke.

In diesem Moment erschien Samir, der Wahhabit, in der Tür. Sein Messias-Syndrom kam im *Servantes* voll zum Ausdruck. Er verdammte die nackten Mädchen und die Leute, die ihnen zusahen. Geht nach Hause zu euren Frauen, rief er. Gott wird euch alle strafen, sein Zorn wird euch alle verbrennen. Mehr konnte er nicht sagen. Ein Schlag traf ihn. Samir fiel zu Boden. Eifrige Füße traten auf ihn ein, eifrige Hände prügelten ihn. Sie trugen den Blutüberströmten aus dem Lokal und warfen ihn in den nächsten Busch.

Wenn Sie mich fragen, ist er seinem Moralisieren zum Opfer gefallen, sagte ich zu dem alten Mann. Er hat zur falschen Zeit das Falsche gesagt, das ist alles. Einen Puff betreten und einem Haufen nackter Leute etwas von Gott und Strafe erzählen – das kann kein gutes Ende nehmen, sagte ich. Warum tun sie das, frage ich Sie, sagte der alte Mann und haute wütend mit der Faust auf den Tresen. Warum verstricken sie das Wirrwarr ihres Lebens auch noch in Dinge wie Moral, Philosophie und

Religion? Warum wählen sie nie den einfacheren Weg, wenn er doch so offensichtlich ist? Und wozu die Reue, wenn sie doch diesen Weg wählen? Das alles, mein Lieber, diese ganze Welt, ist nur eine Verschwörung von Idioten. Alles hat sich verschworen, um uns geistvollen Menschen das Dasein zu verbittern, sagte er. Hätte heute Nacht nicht irgendein fähiges Zigeunerorchester hier spielen können? Hätten die Leute nicht in Ruhe hiesige Spitzenweine trinken können – pardon, ein Mensch mit Geschmack lehnt Wein ab. Also Whisky. Hätte nicht Single Malt von den nördlichen schottischen Inseln hier ausgeschenkt werden können? Hätten, sage ich, heute Abend nicht alle zufrieden sein können? Aber nein! Wie wenig doch nötig ist, dass alles ins Verderben fällt. Und was haben wir jetzt, frage ich Sie? Statt Whisky fließt Blut – nicht, dass ich etwas gegen Blut hätte. Aber wo Blut ist, da ist auch Wein. Vom Blut zum Wein – in dieser kurzen Trajektorie liegt alle Lüge der Welt, alles, was das menschliche Leben armselig macht. Verwandle Blut in Wein, und du verwandelst die Welt in eine Hölle, wo Menschen in Kessel mit kochender Schuld getaucht werden, wo sie auf Flammen brennender Illusionen braten, in die Hölle derer, die verdammt sind, bis in Ewigkeit ein und dieselbe Frage zu stellen: Warum?, sprach der alte Mann.

Sollen wir uns nicht duzen, ich habe das Gefühl, wir sind uns vertraut genug, sagte er. Statt Musik haben wir die Tränen eines Märtyrers, eines Idioten eigentlich, der seiner Blasiertheit zum Opfer gefallen ist – so ist das, mein Sohn, sagte er. Mit heißen Fingern umfasste er meine Hand und sagte zu mir: Es gibt noch so vieles, was ich dir sagen muss, mein Sohn.

Alter Narr, dachte ich. Er hatte so gut begonnen, war zum Brillanten aufgestiegen, und dann musste er *Sohn* zu mir sagen. Würden wir das Gespräch fortführen, würde sich herausstellen, dass ich ihn an seinen Sohn erinnerte, den er vor langer Zeit verloren hatte, wie ein Zombie würde eine traurige Geschichte vom Verlust des geliebten Kindes an die Oberfläche kriechen, und alles würde in pathetischen Ratschlägen und Tränen enden. Ich muss ihn entschlossen abwehren, dachte ich, ich werde den alten Herrn verletzen, aber ich habe keine andere Wahl. Unser Gespräch ist jetzt zu Ende, ich wünsche eine gute Nacht, sagte ich und brach auf in Richtung Tür.

So leicht geht das nicht, das weißt du natürlich, sagte der alte Mann daraufhin. Gestatte mir, dich davon zu überzeugen, dass du mich nicht verlassen willst, mein Sohn, betonte er bissig. Gestatte mir, einige interessante Dinge von dir zu erzählen. Hat dich nicht deine Frau verlassen, vor weniger als einem Tag? Habe ich jetzt deine Aufmerksamkeit? Hat dich nicht deine Frau verlassen, sage ich, die Frau, die du geliebt hast? Sie sagen: lieben, aber was heißt das anderes als: leiden, wenn es verloren ist? Du hast sie geliebt, du hast sie verloren. So sieht es aus. Aber wenn du nur ein wenig genauer darüber nachdenkst, wie du gerne sagst, wirst du begreifen, dass du sie nicht verloren hast, dass du sie überhaupt nicht verlieren konntest, weil du sie nie besessen hast. Ihr besitzt andere Menschen nicht, wie auch sie euch nicht besitzen. Ihr lebt nebeneinanderher. Manchmal sind Menschen für euch von Nutzen, dann sind sie wie eine Werkzeugkiste, aus der ihr euch nehmt, was ihr braucht. Manchmal sind sie ein Hindernis, das es zu umgehen, manchmal auch zu beseitigen gilt. Im Äußersten seid ihr euch selbst überlassen, in einer äußerst feindlichen Umgebung, wo alles Existierende existiert, um euch zu quälen und am Ende zu vernichten.

Das weiß ich alles, wirst du sagen. Ich sage: Du hast es gewusst und hast dennoch geheiratet, sagte der alte Mann. Du hast geheiratet, entgegen allem, was du gewusst hast. Ich kann euch sehen, ich kann euch deutlich sehen, wie ihr Ergebenheit für Liebe haltet, wie ihr zwischen dulden und lieben nicht unterscheiden könnt. Du sagst zu dir: Ich liebe sie, doch du gelangst nur zu dem Willen, sie zu ertragen. Dann denkst du: Ich ertrage sie, weil ich sie liebe, Liebe bedeutet auch Verzicht. Damit erklärt sich alles, denkst du. Aber warum stehst du dann jeden Tag vor Morgengrauen auf, warum schiebst du die Tür auf, um nachzusehen, ob sie schläft, warum setzt du dich dann an den Computer, suchst im Internet nach Pornografie und verbringst die Morgenstunden, diese wertvollen Augenblicke der Einsamkeit, mit Masturbation? Dann packt dich Reue, oder ist es die Angst, sie könnte von deiner schmutzigen kleinen Gewohnheit erfahren? Du lässt von dir ab, sozusagen. Du wendest dich vom Computer ab, kannst aber immer noch nicht schlafen, es gibt keinen Schlaf für dich, seit sie sich in dein Bett gelegt hat. Du wachst jeden Morgen um die selbe Zeit auf. Drei Uhr und drei Minuten erkennst du auf dem Wecker, dessen rote Ziffern im Regal über deinem Kopf flimmern. Du wirst von merkwürdigen Geräuschen wach. Du hältst den Atem an, um besser zu hören, du lauschst, doch es gelingt dir nicht, die Richtung zu bestimmen, aus der die Geräusche kommen. Manchmal glaubst du, es seien Schritte vor dem Fenster. Oder das Rascheln eines Leinentuchs aus der Küche – du stellst dir vor, es ist weiß und schwebt über dem Tisch, um vom Wind davongetragen zu werden, der das Fenster aufdrückt und nach innen stürmt. Ein anderes Mal bist du dir sicher, dass irgendjemand oder irgendetwas auf eurem Dachboden ist und mit den Fingernägeln über den Putz kratzt und an den Deckenbalken nagt, dass dich irgendjemand oder irgendetwas so lange quält, bis du den Verstand verlierst. Du stehst auf und durchsuchst das Haus, dir Mühe gebend, sie nicht zu wecken. Sie darf nichts erfahren, denkst du, *es* wäre zu viel für sie. Du durchsuchst das Haus, aber du findest nichts.

Ich liebe sie, denkst du, während du im Auto sitzt, während du zum Eingangstor der Klinik blickst und darauf wartest, dass sie, gesäubert von eurem Kind, herauskommt. Als sie dir den Kopf in den Schoß gelegt hat, hilflos wie ein gebrochenes goldenes Reh, als sie sich auf deine Beine gelegt, geblinzelt und ängstlich gesagt hat: Ich bin schwanger, als du sie daraufhin weggeschoben und brutal *Was?* gerufen hast, als sie sich auf dem

Sessel zusammengerollt hat, als sie ihr Gesicht mit den Händen bedeckt und zu weinen begonnen hat, als du ihr gesagt hast, sie könnest du erdulden, aber kein Kind, sie müsse sich unverzüglich, so hast du gesagt, unverzüglich von dem Kind befreien, als du ihr gesagt hast, das Kind würde deine Existenz aufzehren, sie wie ein Wurf Ratten zerfressen, das Kind würde dich umbringen, hast du damit beendet, was sie begonnen hat. Als du ihr gesagt hast, du seist nicht fähig, diesem Kind auch nur ein Fünkchen Aufmerksamkeit zu widmen, dass du bereits ein Kind hättest, nämlich sie, daher könne sie wählen – sie oder das Kind, als alles so war, da hast du wirklich gedacht: *Ich liebe dich*? Bevor sie überhaupt über alles nachdenken konnte, hast du sie in den Wagen geschoben und zur Klinik gefahren. Sie hat ihren Kopf an deine Schulter gelehnt, sich an dich geschmiegt, aber du hast kein Wort gesagt, dich geweigert, sie auch nur anzusehen. War ihr Fehltritt so groß, dass du nicht einmal mit einer Liebe wie der deinen einfach darüber hinwegsehen konntest? War ihre Schwangerschaft ein zu großer Fehltritt, um ihr zu verzeihen? Du hast sie von dir gestoßen, auf den Beifahrersitz, wie einen Sack Dünger hast du sie in den Wagen geworfen und sie vor der Klinik wie vor einem Müllcontainer abgeladen, aus der sie eine Stunde später wieder herausgekommen ist, gebeugt und schwarz, wie ein Schatten des von dir *geliebten* Menschen.

Am nächsten Morgen, als sie zu sich gekommen ist, als sie begriffen hat, was sie getan hat, als sie begriffen hat, was du ihr angetan hast, hat sie dich verlassen. Alles, wofür ich das Kind glaubte, opfern zu müssen, alles, wofür ich das Kind abgestoßen habe, um dich zu behalten, das alles existiert nicht mehr. Jeder Grund, bei dir zu bleiben, ist jetzt ein Grund, dich zu verlassen, sagte sie. Meine Liebe für dich wurde abgetrieben, so drückte sie sich aus.

Darum frage ich dich: Warum gehst du, wohin willst du? Auf den sogenannten Pfad der Tugend vielleicht?, sagte der alte Mann. Aber wo führt das hin? Selbst wenn du ein gerechtes Leben geführt hättest, sage ich, selbst wenn du die Weisheit erlangt hättest, von der sie predigen, was würde dich in der Stunde des Todes erwarten? Woran würdest du denken, wenn deine von allem am meisten überschätzte Seele sich aus dem Körper löst? Ich sage es dir: Du würdest nur Angst verspüren vor dem, was dir bevorsteht. Nur Angst und Reue, dorthin würden deine Weisheit und deine Selbstgerechtigkeit dich führen. Auf der Höhe der Weisheit, in der Stunde des Todes, wird der Mensch jeden erlebten Augenblick bereuen, außer denjenigen, in denen er am meisten gelitten hat. Gelange zu dieser Weisheit, und du wirst nur mit noch mehr Leid belohnt. Ich habe einen gekannt, der gesagt hat: Wenn ich verzweifelt bin, so bin ich stark. Ist dieser Mensch ein Weiser, ein Heiliger, wie sie sagen, oder ein Narr, frage ich?

Schließlich wende ich mich an das Menschliche in dir. Bleib bei mir. Tue es im Namen des Mitgefühls. Zeige Güte gegenüber einem armen alten Mann, wenn du sie schon für deine Mutter nicht gehabt hast. Wenn du schon zugelassen hast, dass deine Mutter in schwerster

Qual krepiert, wenn du sie schon im Stich gelassen hast, lass den alten Mann vor dir nicht im Stich. Wenn du schon für ihre Worte taub gewesen bist, als sie dich um den Tod angefleht hat, sei für meine Bitten nicht blind und taub, sagte er. Erschöpft, wütend und angewidert, als könnte ich keinen Augenblick länger leben, schloss ich die Augen.

Ich erwachte unterhalb der Altstadtmauer. Ich muss auf dem Nachhauseweg gestolpert sein, dachte ich, ich muss hingefallen und eingeschlafen sein.

Ich blickte mich um: Es dämmerte. Die Sonne stieg langsam empor, ihren Hitzeterror würde sie erst später entfalten. Die Straßen waren leer, nirgends ein Mensch, dem ich begegnen musste. Eine menschenleere Stadt, so habe ich mir schon immer die perfekte Kulisse für mein Leben vorgestellt, dachte ich. Vor Sonnenaufgang läuft die kolossale Verbrechensmaschine sich nur warm. Sie wird erst später in Gang gesetzt: Sie beginnt erst zu surren und zu piepsen, wenn alle ihre Morgentoilette erledigt, Kaffee getrunken, den Töchtern in den Betten ein Küsschen gegeben, sich von den Frauen verabschiedet und sich auf die Straße begeben haben, dieses Fließband für die Produktion der Grausigkeit. Vor Sonnenaufgang scheint die Welt am wenigsten verschmutzt und einzig dann erträglich. Alles Widerwärtige des Tages steht noch bevor. Ich erinnerte mich an die alte Stereoanlage, auf der mein Vater, als ich klein war, seine Kassetten mit klassischer Musik abgespielt hatte. Es war wie damals, wenn ich Pause drückte, er aus der Küche kam und das Band wieder laufen ließ. Jetzt ist genau dieser Moment, dachte ich, der Moment zwischen mir und meinem Vater. Der Moment, nachdem auf der Matrize der Welt die Pausetaste gedrückt worden ist, der Moment, bevor sich das Band weiterdreht. Ich atmete tief ein und schloss die Augen, fest entschlossen, etwas von der silberblauen Stille des Morgens einzusaugen.

Auf einmal wusste ich, dass der Morgen zu Ende war, dass alles wieder begonnen hatte. Die Maschine war in Gang gesetzt: Ich hörte das Rauschen der Autos auf der Straße, Passanten, die sich etwas zuriefen. Als wäre eine Art Staudamm gebrochen, stürzten sich Tausende Menschen von den umliegenden Anhöhen hinunter in die Stadt, welche sich unter der Masse an menschlichen Körpern verlor. Ihre billigen Strandschuhe raschelten wie Fledermausflügel. Fußknochen, Zehen und Zehennägel bedeckten den Asphalt, Menschenhaut überzog die Fassaden, und statt Ampeln und Straßenlaternen schimmerten herausgerissene Augen. Die Menschen traten buchstäblich übereinander, sie alle würden sich ins Meer ergießen. Nur die Dächer ragten noch aus der Flut der Menschlichkeit, die sich über die Stadt ergossen hatte.

Ich rannte auf den Gehweg zu, fest entschlossen, mich zu retten, bevor die Masse mich mitreißen würde. Aber als ich mich im nächsten Schaufenster zu betrachten versuchte, sah ich nur einen Fluss unbekannter Menschen hinter mir.

Und siehe, da höre ich eine Stimme aus dem Nachbarhaus, ob es ein Knabe oder ein Mädchen ist, weiß ich nicht, die in singendem Ton oftmals wiederholt: ›Nimm und lies! Nimm und lies!‹ Sofort veränderte sich mein Antlitz und ich begann gespannt nachzudenken, ob Kinder in irgendeinem Spiel derartiges zu leiern pflegen, aber ich erinnerte mich nicht, je solches gehört zu haben.

Ich blickte in den Strudel der von Sonnenbrand entstellten menschlichen Körper hinter mir und sann über diese Stimme, über deren körperloses Lied nach. Da wurde es mir klar. Ich bin endlich in sie eingetaucht, dachte ich, endlich sehe ich zwischen mir und ihnen keinen Unterschied mehr, ich bin eingetaucht, aber es hat mir nicht Schrecken gebracht, wie ich immer gedacht hatte. Stattdessen verspürte ich Erleichterung. Ich musste an den Punkt gelangen, nicht mehr mich selbst zu sehen, ich musste für mich selbst verschwinden, um endlich Erleichterung zu verspüren, dachte ich.

Wir sehen so viel Trauer, jeden Tag sehen wir um uns herum menschliche Trauer. Wir sehen sie an und erkennen sie nicht, wir sehen die Trauer und wir erkennen sie nicht, dachte ich. Abscheu für Menschen empfinden bedeutet, nichts zu verstehen, schlimmer noch: nicht genug zu verstehen. Abscheu bedeutet nichts anderes als Oberflächlichkeit, noch dazu die schlimmste aller Oberflächlichkeiten, die mit Selbstgefälligkeit angereicherte. Wir empfinden Abscheu vor Menschen, weil wir sie so zu sehen glauben, wie sie sind, dachte ich, wir sind stolz auf unsere Abscheu, wir arbeiten hart an ihr, züchten sie wie eine seltene Pflanze.

Doch das ist alles Lüge. Wir hassen die Menschen, weil wir nichts verstehen, und dieses Nichtverstehen ist noch umfassender, weil wir glauben, zu verstehen. Wir finden alles um uns herum grotesk, dabei sind eigentlich nur wir grotesk, Suchende des Grotesken, dachte ich. All das, solange wir noch nicht verstehen. Denn eigentlich ist alles nur unendlich traurig, die anderen und wir, mehr gibt es nicht zu verstehen. Es gibt nur diesen Ozean der Trauer, der nicht schiffbar ist, über den man nicht gehen kann, für Wunder ist dort kein Platz. Es gibt nur den Ozean der Trauer, in dem wir untergehen, dachte ich. Wir fuchteln mit Armen und Beinen, manchmal gelingt es uns in der Panik, den Kopf aus dem Wasser zu strecken, manchmal denken wir sogar, wir kommen heraus. Vergeblich. Am Ende gehen wir unter, wie auch alle anderen vor uns, wie auch alle anderen nach uns, sagte ich mir. Wir gehen unter, die Trauer verschlingt uns, sie schließt sich über uns, als hätte es uns nie gegeben, erst dann, erst wenn wir aufhören zu strampeln, wenn wir unseren lächerlichen Kampf aufgeben, erst dann erfahren wir Erleichterung. Wir müssen den Weg von der Abscheu zum Mitleid zurücklegen, von der Ablehnung zur Akzeptanz, wir müssen untergehen, um am Ende Erleichterung zu erfahren.

Der Mann, der mir Vaters Ziegen gebracht hatte, war unglücklich. Seht ihn euch an – ein Dummkopf, werdet ihr sagen, dachte ich. Doch wie weise musste er sein, sich vor mich hinzustellen, vor jemanden wie mich, und den Satz auszusprechen: Du bist ein guter Mensch. Weise oder etwas anderes, das war letztlich egal. Er war fähig, die Verzweiflung anderer zu sehen, nur das zählte. Er war fähig, zu sehen, wie unglücklich ich war. Nur ein Idiot kann übersehen, wie unglücklich Uroš ist. Oder wie unglücklich die Aussätzigenfamilie in der Garage ist. Wie unglücklich Đuros Töchter sind und Đuro selbst, dachte ich. Und dann verspürte ich den Wunsch, es ihnen zu sagen. Ich hatte das Bedürfnis, ihnen zu sagen, dass ich es jetzt sah, dass ich es nicht gesehen hatte, aber dass ich es jetzt sah. Ich setzte mich ins Auto und eilte zu ihnen. Ich musste sofort zu den Aussätzigen.

Ich stürzte die Treppe hinunter in die Tiefgarage. Schon am Eingang rief ich nach ihnen. Hallo, Aussätzige!, rief ich. Ich hetzte durch die dunklen Ebenen der Garage, hinunter bis zum Atombunker, in der Hoffnung, sie dort zu finden, wo ich sie zurückgelassen hatte. Doch ich fand von ihnen keine Spur. Sie sind in eine dunkle Ecke geflüchtet und blicken mich jetzt ängstlich an, fest entschlossen, in ihrem Versteck zu bleiben, dachte ich. Ich komme als Freund!, rief ich, um sie herauszulocken. Ich wollte ihnen Geld anbieten, ich wollte ihnen Medikamente anbieten, *da ging er hin mit einer Handvoll Medikamente und stieg hinunter zu den Aussätzigen*, lachte ich in meiner Verzweiflung.

Zurück zum Auto und direkt vor Đuros Wohnung. Ich klopfte laut an die Kellertür. Niemand öffnete, nicht einmal Đuros Frau, die, so hatte ich geglaubt, ganz sicher zu Hause sein würde. Ich lehnte mein Ohr an die Tür und lauschte, um möglicherweise eines von Đuros Kindern weinen zu hören. Stattdessen hörte ich die alte Frau vom Stockwerk darüber, die mich verfluchte und mir drohte, sie würde die Polizei rufen, wenn ich das Gebäude nicht sofort verließe. Es hätte ohnehin nicht funktioniert, dachte ich im Gehen. Ich hätte mich vor Tanja gestellt, ihr Geld gereicht und gesagt: Das ist für dich, alles, was ich verlange, ist, dass du deinen Vater verlässt, ich verlange nur von dir, dass du gehst und versuchst, dein Leben zu retten, und so meines rettest und es rechtfertigst. Alles nur, um von ihr zu hören, das könne sie nicht tun, sie würde niemals gehen, denn sie liebe ihren Vater.

Seit dem Tod meiner Mutter hatte ich keinen Fuß mehr in das Haus meines Vaters gesetzt, kein Wort mit ihm gewechselt. Wenn ich jetzt darüber nachdenke, ich kann mich nicht erinnern, wann ich ihn das letzte Mal gesehen habe, dachte ich. Wie lange schon habe ich meinen Vater von meiner Terrasse aus – wie von einem Theaterbalkon – nicht mehr gesehen, wie er stundenlang in seinem Sessel vor dem Haus sitzt, wie er sitzen bleibt, auch wenn die Nacht hereinbricht, reglos, den Blick auf Onkels Anhöhe geheftet, mit den *Bekenntnissen des heiligen Augustinus* im Schoß, dachte ich.

An jenem Morgen verspürte ich den Wunsch, ihn zu sehen. Es gab so vieles, was ich ihm zu sagen hatte, so vieles, was wir bereden mussten. Früher oder später müssen wir es tun, dachte ich. Warum nicht gleich, sagte ich zu mir.

Entschieden klopfte ich an seine Tür, bereit, der verurteilenden Gleichgültigkeit entgegenzutreten, mit der er mich empfangen würde. Wahrscheinlich schläft er noch, es ist früh, dachte ich, als er nicht antwortete. Ich ging hinter das Haus, in die Sommerküche, in der meine Mutter das Abendessen für die Gäste zubereitet hatte, die mit der Zeit immer seltener gekommen waren. Mein Vater – und nach ihm wir alle – hatte sich zurückgezogen, bis es niemanden mehr gab, der uns besucht hätte. Der Schlüssel hing wie immer da, an der Steinmauer über der Spüle.

Ich betrat den dunklen Flur. Alle Fensterläden waren geschlossen, nur durch ein paar Löcher im Dach drang Licht, mein Vater hat keine Lust gehabt, es zu flicken, dachte ich. Ich versuchte, das Licht anzuschalten, aber der Strom war abgedreht. Gut vorstellbar, dass dies meinem Vater egal war, dass er den Kassierern nicht aufgemacht hatte, dass er nicht in die Stadt hatte gehen wollen, um die Stromrechnung zu bezahlen, als sie ihn schließlich vom Netz genommen hatten.

Ich schob die Schlafzimmertür einen Spaltbreit auf. Die Bettwäsche auf dem Ehebett meiner Eltern war ordentlich zurechtgezupft, es war klar, dass niemand das Bett benutzt hatte, seit meine Mutter im Haus das letzte Mal aufgeräumt hatte, an jenem Morgen, als sie ins Krankenhaus von Podgorica gebracht wurde, um dort zu sterben. Mein Vater hat in meinem Zimmer geschlafen, dachte ich. Aber mein Zimmer war verschlossen. Ich hämmerte gegen die Tür, hinter der ich aufgewachsen war, und rief nach ihm, doch ich bekam keine Antwort.

Auch im Badezimmer suchte ich ihn. Aus dem Wasserhahn über der Badewanne tropfte Wasser. Ich versuchte, ihn zuzudrehen, doch es half nichts: Der verrostete Hahn tropft weiter, bis ihn jemand auswechselt, dachte ich. Aus der Kloschüssel stank es abscheulich, über ihr war ein Schwarm Fliegen zu hören. Die Badewanne war von braunen, glitschigen Schmutzschichten überzogen.

Das Haus sieht aus, als würde seit Jahren niemand mehr darin wohnen, sagte ich zu mir. Das Haus war ein Meisterwerk des Heiligenrezepts meines Vaters, einer Lebensweise, die er auf seine alten Tagen angenommen hatte und die den Verzicht auf alles beinhaltete, was auch nur die geringste Mühe erforderte.

Es war klar, dass seit dem Tod meiner Mutter niemand die Zimmer geputzt hatte. Vom einen Ende des Salons zum anderen erstreckten sich ganze Spinnennetzteppiche. Auf dem Küchentisch lag Brot, schimmlig grün und steinhart. Daneben eine halb ausgetrunkene Flasche mit sauer gewordenem Wein, und über allem, wie eine Leichendecke, eine zwei Finger breite Staubschicht. Auf dem Arbeitstisch meines Vaters, der mit einem Tuch überdeckt war, auf den die Feuchtigkeit dunkle Punkte gezeichnet hatte, stand sein uraltes Grammofon, ein His Master's Voice, ganz aus Mahagoni, mit einem riesigen Messingtrichter – ein Geschenk von mir, eine Kostbarkeit, die ich ihm aus Florenz, von meiner Abschlussfahrt, mitgebracht hatte. Nach meiner Rückkehr hatte ich ihm triumphierend mehrere Bachplatten und dieses Grammofon überreicht. Es ist von 1933, hatte ich ihm erzählt, der erste Käufer ist ein deutscher Industrieller gewesen, der sich ungefähr ein Jahr später das Leben genommen hatte, erzählte ich ihm, was mir im Antiquitätenladen erzählt worden war, auf der Rückseite ist sein Name in Gold eingraviert, er ist immer noch lesbar, Leopold Kleist, aber das ist nicht der Grund, warum ich es gekauft habe, erzählte ich ihm, Leopold Kleist ist mit einem Mädchen verheiratet gewesen, das ein direkter Nachkomme Bachs gewesen ist, sozusagen Bachs Ururenkelin, musst du wissen, erzählte ich ihm, dieses Grammofon hier hat ihr gehört, sie hat darauf die Musik ihres Vorfahren gehört, erzählte ich ihm. Es war gelogen, die ganze Geschichte war nur eine List des geschickten italienischen Kaufmanns. Aber mein Vater glaubte sie, weil er es brauchte, sie zu glauben. Er sah mich nur an, mit seinen immer traurigen Augen. Er umarmte mich nicht, er bedankte sich nicht. Das musste er auch nicht: Ich wusste, wie wertvoll dieses Geschenk für ihn war.

Erst da bemerkte ich, dass sämtliche Regale der Bibliothek meines Vaters leer waren. Wohin sind die unzähligen Bücher verschwunden, dachte ich, die Leere der Bibliothek betrachtend, die er sein Leben lang aufgebaut hatte. Früher waren alle vier Wände dieses Zimmers von Büchern überzogen wie von Tapeten, dachte ich. In diesem Zimmer sind wir mit einer Schutzweste von Wissen vor der Welt geschützt, hatte mein Vater immer gesagt. Anstelle der Bücher ruhten auf den Regalbrettern nun tote Fliegen und Rattendreck. Doch ganz unten in einem der Regale lagen sieben große, fest gebundene rote Bände. *Nimm und lies, nimm und lies*, erinnerte ich mich an das Lied der Engelsstimme. Mit lautem Knall setzte ich die Bücher auf dem Arbeitstisch ab und sah durch die aufgewirbelte Staubwolke hindurch, dass ich gerade die Tagebücher meines Vaters entdeckt hatte.

Bevor ich die Fensterläden öffnete und das Licht sich ins Haus ergoss, bevor eine Bachplatte auf dem Grammofon zu knistern begann, bevor ich auf die Terrasse hinausging und mich in Vaters Flechtsessel setzte, bevor ich auf Onkels abgebrannte Anhöhe blickte, über der sich noch Rauch wand, bevor ich das Meckern der Ziegen im Hof vernahm, bevor ich zur Ruhe kam und bevor ich dachte, dass alles nun absolut akzeptabel erschien – vor alldem hatte ich die Tagebücher meines Vaters aus dem Regal genommen, auf dem Tisch abgesetzt, sie geöffnet und war mir auf einmal des Wortes bewusst geworden, über das dieser Mann nachgesonnen hatte, das er gedacht und das ihn verfolgt hatte. In größter Angst, die mich nahezu auslöschte, las ich, was mein Vater tagtäglich in den letzten Jahren seines Lebens, wie in Trance, mit zittriger Handschrift, einem Kardiogramm gleich, geschrieben hatte, jenes eine Wort, das sich in einer Kolonne, wie *schreckliche Heerscharen* unter Bannern von Zeile zu Zeile erstreckte, von Seite zu Seite, von einem Band zum nächsten, vom ersten bis zum letzten, ein einziges Wort: Sohn.

Soundtrack des Romans »Der Sohn«

1. MONO – Moonlight
2. JESSE SYKES A THE SWEET HEREAFTER – Reckless Burning
3. GRAVENHURST – Animals
4. NOIR DÉSIR – Le Vent Nous Portera
5. SIGUR RÓS – 8
6. SONIC YOUTH – Tunic (Song For Karen)
7. INTERPOL – Leif Erikson
8. STEVE EARLE – John Walker's Blues
9. BONNIE PRINCE BILLY – Death To Everyone
10. THE WORKHOUSE – Peacon
11. J. S. BACH – Suite No. 3: Air
12. AMANDINE – For All The Marbles
13. BAND OF HORSES – St. Augustine

Andrej Nikolaidis

Die Ankunft
Aus dem Bosnischen von Margit Jugo

In »Die Ankunft« verknüpft Andrej Nikolaidis Elemente des Hardboiled-Krimis und des historischen Romans á la »Der Name der Rose« mit der Schilderung des Lebens in einer Kleinstadt auf dem Balkan zu einer ungewöhnlichen und spannenden Geschichte.

»Das drohende Ende der Welt ist das verbindende Motiv in diesem philosophischen Krimi, der in seiner verspielten Komplexität an Jorge Luis Borges erinnert.«
Neues Deutschland

144 Seiten, gebunden
ISBN 978-3-86391-066-2
Euro 16,90 (D)

Leseproben auf www.voland-quist.de